Hartmut Lange

Das Haus in der Dorotheenstraße

Novellen

Diogenes

Umschlagillustration:
Gustave Caillebotte,
›Homme nu-tête vu de dos à la fenêtre‹, 1875
Foto: Copyright © Private Collection /
The Bridgeman Art Library

www.diogenes.ch
40/13/8/1
ISBN 978 3 257 06846 7

Ich bedanke mich
für die Mitarbeit meiner Frau

Inhalt

Die Ewigkeit des Augenblicks

I

Auf der Knesebeckbrücke, die Teltow und Zehlendorf miteinander verbindet, überquert man ein schmales Gewässer. Es ist keine dreißig Meter breit, dichtes Laubwerk drängt über die Ufer. Es sind Erlen und junge Weiden, aber vor allem ist es der Japanische Staudenknöterich, der alles überwuchert und der den Spaziergänger daran hindert, mit dem Wasser, auf dem Blätter treiben, in Berührung zu kommen. Der Kanal verläuft im Süden Berlins gute siebenunddreißig Kilometer von der Havel bis zur Spree, und wer ein Lexikon zur Hand nimmt, erfährt, dass er auf Initiative eines Herrn von Stubenrauch um die Jahrhundertwende erbaut wurde. Das ist lange her. Heute wirkt die Gegend verlassen, und wenn man an dem Geländer der Knesebeckbrücke verweilt, dauert es einige Zeit, ehe man ein Motorboot oder einen Schleppkahn zu Gesicht bekommt. Die Wege am Ufer sind holprig. Man muss darauf achten, nicht über Wurzelwerk zu stolpern, und wenn man sich von der Brücke in Richtung Nordosten hundert Meter entfernt hat, öffnet sich gegenüber, auf der anderen Seite des Kanals, eine Art Lichtung mit einem Schild, auf dem man die Zahl vierzehn erkennt, offenbar ein Hinweis für die Schifffahrt. Vögel fliegen darüber hin, genauer: Zunächst tauchen über der Lichtung, die von Pappeln eingegrenzt wird, vier, fünf einzelne, dann eine ganze Schar Krähen auf. Man hört ein energisches, unruhiges Flügelschlagen, hebt den Kopf, versucht, das Auftauchen der Vögel, von dem man überrascht wurde, nicht aus den Augen zu verlieren. Aber nach einigen Sekunden ist alles vorbei. Dann sind sie in entgegengesetzter Richtung, also nach Norden zu, verschwunden, und der Himmel über den Pappeln ist wieder frei.

Zugegeben: Wer interessiert sich schon, und ausgerechnet in dieser Gegend, für ein flüchtiges, ganz und gar belangloses Phänomen, wäre da nicht eine Besonderheit: Jetzt, Mitte August, tauchte der Schwarm Krähen, von dem hier die Rede ist, über den Pappeln der Lichtung immer zur gleichen Zeit, immer Punkt acht Uhr abends, bevor es zu dämmern begann, auf, und es gab durchaus jemanden, nämlich den Taxichauffeur Michael Denninghoff, der mit einem Blick auf die Armbanduhr hätte bezeugen können, dass sich hier ein paar Vögel unter freiem Himmel, was schwer zu erklären war, an eine vorgegebene Zeit hielten.

Nachdem Michael Denninghoff sein Taxi an der Einfahrt zur Knesebeckbrücke geparkt hatte, ging er zum Kanalufer, stieg über das knöchelhohe Wurzelwerk hinweg, um die Lichtung mit dem Schild zu erreichen, und hier setzte er sich auf einen umgestürzten Baumstamm, schlug die Beine übereinander und wartete. Er bereute, dass er zu spät gekommen war. Keine der Krähen wollte sich mehr zeigen.

›Sie sind längst über alle Berge‹, dachte Denninghoff, und nachdem er wieder im Taxi saß, nachdem er in einem mühsamen Wendemanöver, ja warum musste dies ausgerechnet auf der Brücke, die viel zu eng war, geschehen, nachdem er auf dem Teltower Damm nach Zehlendorf zurückfuhr, überließ er sich der Nüchternheit des Allzubekannten.

Anfangs, in der Nähe von Schönow, gab es noch dichten Baumbestand. Dahinter begannen die Vorgärten. Man passierte Einfamilienhäuser hinter mannshohen Drahtzäunen, und hinter dem Postgebäude, oder war es das Altenheim am Heinrich Laehrpark, näherte man sich schon der Mühlenstraße und damit der S-Bahn-Unterführung, und von hier aus, da die Dunkelheit eingesetzt hatte, war man gezwungen, auf den von Scheinwerfern erleuchteten Asphalt zu achten.

Denninghoff war es gewohnt, aus den Augenwinkeln heraus, auch die Bürgersteige nicht außer Acht zu lassen, um, falls ihm jemand zuwinkte, sofort nach rechts auszuscheren und zu halten, aber meist fuhr er weiter über die Clayallee, überquerte irgendwann das Roseneck, wo der Hohenzollerndamm begann, und erst hinter dem Fehrbelliner Platz, es waren immerhin noch ein, zwei Kilometer, bog er nach links ab, um sich in der Pariser Straße in einen Taxistand einzureihen. Von hier aus, ein Blick in den Rückspiegel genügte, um sich dessen zu vergewissern, von hier aus sah man den von Bäumen umstandenen Platz mit der St. Ludwigskirche. Man sah die imposante Fassade mit dem Glockenturm, und weiter nach rechts zu, in der Pfalzburger Straße, die Denninghoff allerdings nicht mehr im Blick hatte, waren es nur wenige Schritte bis zu dem Hauseingang mit der Nummer sieben, an dem sich, wenn man auf den Knopf über dem Namen Dr. Biederstein drückte, eine Tür öffnete. Man hörte das Knacken einer Sprechanlage, wurde von einer Stimme auf den dritten Stock im Vorderhaus verwiesen, in eine Wohnung, die Denninghoff nur allzu gut kannte. Dort hatte er die letzten Jahre mit seiner Frau verbracht, und wie oft hatte er gewünscht, sich in den Räumen, die ihm vertraut waren, nochmals umzusehen. Er hatte sich des Öfteren bemerkbar gemacht, aber die Stimme, die er zu hören bekam, klang gereizt, so dass er es unterlassen hatte, sich dem Fremden gegenüber, der an der Sprechanlage Fragen stellte, zu erklären.

Jetzt ärgerte er sich darüber, dass er es wieder vorgezogen hatte, vor dem Hotel Domus auf Kundschaft zu warten. Ein letzter Blick in den Rückspiegel. Er beschloss, den Taxistand zu wechseln, startete den Motor, fuhr in die Hardenbergstraße, wendete mehrmals, und am Kranzlereck, wo der Verkehr am stärksten war, fühlte er sich besser.

Michael Denninghoff fuhr sein Taxi auf eigene Rechnung. Er benutzte, obwohl er beschlossen hatte, sich ein neueres Modell anzuschaffen, immer noch einen alten Volvo. Wie lange war er schon mit diesem Wagen unterwegs?

›Ein Dreivierteljahr‹, dachte Denninghoff, drückte auf den Zigarettenanzünder, und nachdem er das Fenster einen Spaltbreit geöffnet hatte, sah man, wie er den Rauch ins Freie blies.

Er wirkte nachdenklich, und vielleicht erinnerte er sich an die Zeit, in der er in einem Büro tätig gewesen war, in einem Raum, kaum zwanzig Meter im Quadrat, so dass er, um das Gefühl von Eingesperrtheit loszuwerden, gezwungen war, immer wieder vor die Tür zu treten. Zugegeben, ein Taxi war an Begrenztheit nicht zu übertreffen. Hier gab es überhaupt nur vier Sitzgelegenheiten, und hinter dem

Lenkrad fühlte man sich eingepfercht. Aber hinter den Scheiben ringsherum begann die Welt, und man war, man brauchte nur mit dem Fuß auf das Gaspedal zu drücken, ständig unterwegs, und diese Freiheit zum Hierhin und Dorthin war es schließlich, die Denninghoff dazu veranlasst hatte, seinen Beruf als Architekt aufzugeben.

2

Die Freiheit zum Hierhin und Dorthin? Das ständige Unterwegssein in einer Welt, die nichts weiter als die Gelegenheit bot, Fahrgäste zu transportieren? War dies tatsächlich etwas, das Denninghoff veranlasst haben könnte, seinen Beruf aufzugeben?

Natürlich nicht, und dass es durchaus andere Gründe gab, warum er sich entschlossen hatte, tagein, tagaus durch die Straßen einer Großstadt zu fahren, dies erfuhr man spätestens an einem Winterabend, als ihm jemand vom Bürgersteig aus zuwinkte. Es war ein älterer Herr, der einen tadellosen Anzug trug, das Hemd wirkte frisch gebügelt, und die Stimme, mit der er verlangte, in die Pfalzburger Straße gefahren zu werden, klang gereizt. Sie kam Denninghoff irgendwie bekannt vor.

Und tatsächlich: Als sie den Hauseingang Nummer sieben erreicht hatten und nachdem Denninghoff ausgestiegen war, um dem anderen beim Schließen der hinteren Wagentür behilflich zu sein, als er fragte: »Sie sind Dr. Biederstein?«, antwortete der ältere Herr ungeduldig, so wie Denninghoff es von der Sprechanlage her gewohnt war:

»Das ist doch jetzt unwichtig. Ich habe Sie bezahlt und wünsche eine gute Weiterfahrt.«

Michael Denninghoff sah ihm nach, sah, wie umständlich er mit dem Schlüsselbund, das er aus der Jackentasche gezogen hatte, beschäftigt war. Dann, es war nur ein dumpfes, unangenehmes Klicken, war er hinter der Haustür verschwunden. Als Denninghoff wieder im Auto saß, bemerkte er, dass er die Scheinwerfer ausgeschaltet hatte und dass er mit dem Wagen etwas zu weit von der Bordsteinkante entfernt stand. Aber er ließ alles, wie es war, und er überlegte, ob er sich das Benehmen des anderen gefallen lassen sollte. Aber was hätte er tun können? Hätte er geltend machen sollen, dass er berechtigt war, sich in einer Wohnung, die er vor Monaten gekündigt hatte und in der längst, wie er jetzt sah, ein anderer wohnte, dass er berechtigt war, sich dort, nur weil er gewisse Erinnerungen nicht loswerden konnte, umzusehen? Denninghoff musterte die Hausfassade.

›Die Küche ging auf den Hof hinaus‹, dachte er, ›und sie war zu eng, so dass wir gezwungen waren, einen kleineren Geschirrschrank zu kaufen.‹

Aber das Berliner Zimmer, das wusste er noch, war geräumig. Dort hatte der Kleiderschrank gestanden, der eine halbe Wand einnahm, daneben das Bücherbord und schräg gegenüber hing die Reproduktion eines Gemäldes.

›Der Flur hatte keine Fenster und war immer zu dunkel‹, dachte Denninghoff. Und nun hatte er die Ecke mit der Kommode vor Augen, an deren Kante sich seine Frau, bevor sie zu Boden fiel, festgehalten hatte. ›Zehn Minuten später brachte man sie ins Krankenhaus. Kein Wort des Abschieds. Als mich der Arzt zur Seite nahm, war sie tot‹, dachte Denninghoff, der gegen ein Gefühl von Fassungslosigkeit ankämpfte, ein Gefühl, das ihn immer noch daran hinderte, um Kathrin, wie es angemessen gewesen wäre, zu trauern. Und dann:

›Nie hätte ich einwilligen dürfen‹, dachte Denninghoff, ›dass man sie, obwohl es ihr Wunsch gewesen war, auf hoher See bestattet.‹

Auf hoher See, die man, es war die Gegend um Helgoland, mit einem Motorboot durchkurvt hatte. Ein kurzer Halt, ein paar Worte des Gedenkens, dann wurde, was der Angestellte in der Hand hielt, dem Wasser übergeben, und erst, als Denninghoff das Motorboot verlassen hatte, spürte er, dass es hier oben an der Küste lausig kalt war und dass er vergessen hatte, einen Pullover unterzuziehen. Auch war er versucht gewesen, sein Handy aus der Manteltasche zu ziehen, um Kathrins Nummer anzurufen.

›Völlig absurd‹, dachte Denninghoff und sah, wie im dritten Stock, in jener Wohnung, die er verlassen hatte, das Licht anging.

3

Kathrin war einen Meter fünfundsiebzig groß, und sie hatte wunderschöne Haare. Sie reichten ihr bis über die Schultern, und wenn sie sie hochsteckte, wirkte sie noch größer, und ihr Gesicht bekam einen Ausdruck von Unnahbarkeit. Aber sie war überaus gesellig, man kam schnell mit ihr ins Gespräch, und wenn sie lachte, sah man, dass ihre Lippen etwas zu schmal waren.

›Und sie kümmerte sich um die notwendigen Dinge des Zusammenlebens‹, dachte Denninghoff. ›Kathrin war es schließlich, die sich für die Wohnung in der Pfalzburger Straße entschieden hatte.‹

Tagsüber war sie in einer Boutique beschäftigt, die sie mit einer Freundin eröffnet hatte. Sie verkaufte Modeschmuck und Accessoires. Ob sie erfolgreich war, wusste Denninghoff nicht, und es war ihm nicht unangenehm, dass auch er niemals gezwungen war, über die Belange seiner Arbeit zu reden. Es sei denn, sie hatten irgendwelche Sorgen, dann konnte es vorkommen, dass sie nächtelang am Küchentisch saßen und redeten.

Wo hatten sie sich kennengelernt? Unwichtig. Nach einer kurzen Zeit der Unentschiedenheit hatten sie geheiratet, und es war eben dieses unaufgeregte, ganz selbstverständliche Beisammensein, das beiden das Gefühl gab, man könne sich aufeinander verlassen.

Manchmal, nach dem Abendessen, wenn sich jeder in sein Zimmer zurückgezogen hatte, konnte es vorkommen, dass sie, Kathrin, ohne ersichtlichen Grund, einfach so, mit der Schulter an der offenen Tür lehnte, dass sie ihm zusah, wie er mit einer technischen Zeichnung beschäftigt war, und wie sie, da er dies nicht zu bemerken schien, lächelte.

Dann aber, nachdem er irgendwann den Kopf gehoben und sie entdeckt hatte, sprang er auf, und nun umarmten sich die beiden und mit einer Heftigkeit, als müssten sie die Zuneigung, die sie füreinander hatten, auf der Stelle beweisen.

Aber es waren auch die kleinen Aufmerksamkeiten, die zeigten, wie einvernehmlich sie miteinander umgingen. Etwa, wenn Denninghoff am Balkonfenster stand, das zur Straße hinausging, dann sah er des Öfteren, wie Kathrin mit zwei vollen Einkaufstaschen den Ludwig-Kirch-Platz überquerte, er sah, wie schwer sie daran trug und wie die schlanken Arme durchgedrückt und die Schultern nach unten gezogen wurden. Dann ging er ihr, und zwar so rasch, dass sie sich in der Haustür trafen, entgegen und nahm ihr die Taschen ab.

Auch hatten sie glückliche Augenblicke miteinander, wenn sie eine Ausstellung besuchten und wenn es dort etwas zu entdecken gab, was Kathrin noch nie im Original gesehen hatte. Dann fing sie an zu schwärmen, und zuletzt war es Caillebotte, der sie interessierte, so dass sie überlegten, ob man das Poster mit dem berühmten Gemälde »Regentag in Paris« nicht einrahmen lassen sollte. Aber dann hatten sie es doch mit einigen Reißnägeln an der Tapete im Wohnzimmer befestigt. Kathrin stand, da sie die obere Kante des Posters nicht erreichen konnte, auf einem Stuhl, und Denninghoff, der den Stuhl an der Lehne festhielt, musste sagen, wann das Bild endlich gerade hing.

Das wusste er noch und auch, dass sie nach dem Abendessen, die Kaffeetasse in der Hand, davor gestanden hatte, um es zu betrachten. Sie wirkte nachdenklich, vielleicht weil da, und auf so beiläufige Weise, eine unwiderstehliche Tristesse herrschte und außer aufgespannten Regenschirmen und umherirrenden Passanten nichts weiter zu sehen war. Zuletzt wechselte sie, auch das wusste Denninghoff noch, einen verbogenen Reißnagel aus, und einen Tag später …

Es war nur selbstverständlich, dass Michael Denninghoff nach dem plötzlichen Tod seiner Frau die gemeinsame Wohnung so rasch wie möglich verlassen wollte. Ihre persönlichen Sachen rührte er nicht mehr an, und er war froh, dass Kathrins Schwester ihm dabei behilflich gewesen war, das gesamte Mobiliar einer Firma, die sich um Nachlässe kümmerte, zu übergeben.

Er hatte sich in ein winziges Apartment zurückgezogen, und was er von der alten Wohnung übernahm, waren zwei Küchenstühle und das Sofa, das als Schlafgelegenheit zu eng war, und er bereute, dass er bei der Auflösung der Wohnung in der Pfalzburger Straße nicht wenigstens das Poster sichergestellt hatte.

›Dann könnte ich es jetzt‹, dachte er, ›auch wenn die Wände wenig Platz lassen, zum Beispiel neben dem Türrahmen aufhängen.‹

Er beschloss, Kathrins Schwester anzurufen, um zu erfahren, welcher Firma sie den Nachlass übergeben hatte. ›Hoffentlich haben sie das Stück Papier, da es eingerissen war, nicht entsorgt‹, dachte Denninghoff.

Aber er musste sich gedulden. Offenbar war die Schwester verreist, denn sooft er auch zum Telefonhörer griff, um ihre Nummer zu wählen, es meldete sich niemand, und irgendwann kam Denninghoff von der Vorstellung nicht los, der Caillebotte würde noch in der alten Wohnung hängen.

Tage später sah man, wie Denninghoff in seinem Volvo mehrmals die Pfalzburger Straße auf und ab fuhr, wie er den Hauseingang mit der Nummer sieben observierte, und er hatte Glück: Nach einer halben Stunde tauchte jener, der immer einen tadellosen Anzug trug, und das Hemd wirkte frisch gebügelt, nach einer halben Stunde tauchte Dr. Biederstein auf, und kaum hatte der ältere Herr das Schlüsselbund aus der Tasche gezogen, verließ Denninghoff das Auto und ging auf ihn zu. Was folgte, war eine kurze Auseinandersetzung, die damit endete, dass Dr. Biederstein dem anderen, der ihm, obwohl er sich dies verbat, über drei Treppen hinweg bis zur Wohnungstür gefolgt war, dass Dr. Biederstein, er zog sein Handy hervor, Denninghoff damit drohte, die Polizei anzurufen. Denninghoff aber bestand darauf, dass er ein Recht hätte, sich in der Wohnung umzusehen.

»In unserer Wohnung, Sie verstehen, in der wir jahrelang gelebt haben!«, rief er und versicherte, dass es ihm lediglich darauf ankäme, zu überprüfen, ob da noch ein Bild an der Wand hängen würde. »Ein Bild, das meiner Frau gehört.«

»Hören Sie«, unterbrach ihn Dr. Biederstein. »Es ist absolut gleichgültig, ob Sie hier etwas liegengelassen haben oder nicht. Ich versichere Ihnen, diese Räume waren, nachdem ich sie gemietet habe, vollkommen leer!«

Damit steckte er das Handy wieder ein. Es gelang ihm, die Tür zu öffnen, und ehe Denninghoff seinen Fuß hinter die Schwelle setzen konnte, war sie wieder geschlossen. Er wusste, wie zwecklos es gewesen wäre, jetzt gegen das lackierte Holz zu klopfen. Aber vielleicht hätten ein paar Worte der Entschuldigung genügt, um dem anderen doch noch klarzumachen, wie sehr ihm ein freundlicheres Entgegenkommen, und dies bei seinem Zustand, geholfen hätte.

Am nächsten Vormittag sah man, dass der alte Volvo in der Nähe einer Hausfassade abgestellt war, vor der gebrauchte Möbel standen. Man war dabei, die Sachen wegzuräumen, und es dauerte eine Weile, ehe einer der Angestellten bereit war, seine Arbeit zu unterbrechen, um Denninghoffs Fragen zu beantworten. Denninghoff hielt ihm ein Formular hin, das er von Kathrins Schwester bekommen hatte. Es war der Vertrag über die Wohnungsauflösung in der Pfalzburger Straße, und nachdem sich die beiden ins Büro zurückgezogen hatten, nahm der Angestellte das Formular zur Hand, wusste aber immer noch nicht, was Denninghoff von ihm wollte.

»Ich suche nichts Besonderes. Ein Stück Papier, Sie verstehen. Es ist das Poster eines Gemäldes, das für Ihre Firma eigentlich nicht bestimmt war.«

Der Angestellte runzelte die Stirn. Er machte geltend, dass die Liste der übernommenen Gegenstände, da so viel Zeit vergangen sei, wenn überhaupt, dann im Archiv zu finden wäre, und als Denninghoff nochmals erklärte, worauf es ihm ankam, nämlich ein Erinnerungsstück, das man der Firma als Nachlass übergeben hatte, wiederzufinden, sagte der Angestellte:

»Ich verstehe, was Sie meinen, und ich würde Ihnen gern behilflich sein, aber ein Stück Papier, das auch noch eingerissen ist, das haben wir mit Sicherheit entsorgt.«

»Was soll das heißen!«, fragte Denninghoff gereizt, und der Angestellte versuchte, ihn zu beruhigen.

Er erklärte, wie die Firma mit übernommenen Gegenständen verfahren würde.

»Die Möbel versuchen wir zu verkaufen, Bücher gehen ins Antiquariat, der Rest kommt auf den Müll, und was mit dem, was Sie suchen, passiert sein könnte … Ich zeige Ihnen gern den Hof mit den Containern.«

Dabei kramte er in einem Aktenordner, wohl in der Absicht, doch noch etwas Konkretes zu finden, ließ es schließlich sein, und zuletzt standen die beiden am hinteren Ausgang des Hauses, traten aber nicht ins Freie. Überall und unübersehbar die in- und übereinandergestapelten Hinterlassenschaften, die man aussortiert hatte, und dazwischen entdeckte Denninghoff tatsächlich zwei oder drei Container, die bis zum Rand mit Altpapier gefüllt waren.

4

Ja, das Gemälde von Gustave Caillebotte, genannt »Straße in Paris an einem regnerischen Tag«, jenes Meisterwerk des Impressionismus, das nicht nur weltberühmt ist, sondern auch bei jeder Gelegenheit als Illustration einer Reklame herhalten muss, man kann es auf Modezeitschriften, auf Streichholzschachteln oder einer CD-Hülle mit der Klaviermusik von Eric Satie finden, dieses berühmte Bild war es, das Michael Denninghoff nicht zur Ruhe kommen ließ. Man sieht in pastelligen Farben einen Ausschnitt aus dem klassizistischen Paris, jenem Ort, an dem sich die Rue de Turin, die Rue de Moscou und die Rue Capeyron unmittelbar berühren. Im Vordergrund ein Mann und eine Frau mit einem Regenschirm und wie jemand seinen Schirm zur Seite neigt, um mit dem Paar nicht zusammenzustoßen. Das Straßenpflaster glänzt vor Nässe, im Hintergrund ebenfalls Passanten, die sich auf dem riesigen Platz zu verlaufen scheinen. Dieses Gemälde hatten die beiden als Poster in einem Pariser Museum gekauft, aber was war es schließlich, das Kathrin veranlasst hatte, immer wieder und wie in Gedanken versunken davor zu verweilen.

Selbstverständlich wusste Denninghoff, dass er sich jetzt, sozusagen als Ersatz, ein anderes Poster aus dem Internet hätte besorgen können. Er wusste auch, dass Caillebotte in jedem Bildband über den Impressionismus zu finden und notfalls zu kopieren war. ›Aber was hätte ich davon. Auf diese Weise‹, dachte er, ›lässt sich die Sache nicht erledigen.‹

Er beschloss, erst einmal jenen Ort aufzusuchen, wo er sicher sein konnte, wenigstens das Original, und an eben der Stelle und genauso, wie sie es zusammen entdeckt hatten, wiederzufinden. Wie hieß doch das Museum, in dem sie zwei oder drei Stunden lang unterwegs gewesen waren?

›Es war das Grand Palais‹, dachte Denninghoff und hatte schon den Pariser Stadtplan in der Hand.

Auf den Champs-Élysées gibt es viele Möglichkeiten zu übernachten, und Denninghoff erinnerte sich noch an den Namen des Hotels, in dem er mit Kathrin ein Wochenende verbracht hatte, aber er weigerte sich, dort nochmals ein Zimmer zu bestellen. Auch wollte er alle Sehenswürdigkeiten, die sie zusammen aufgesucht hatten, meiden, wollte lediglich, und für eine halbe Stunde, ins Grand Palais gehen, um sich den Caillebotte anzusehen, dessen Kopie ihm abhandengekommen war.

Drei Tage später flog Denninghoff nach Paris. Die kleine Pension, in der er abgestiegen war, lag in einer Nebenstraße, und er machte sich nicht die Mühe, herauszufinden, wo genau er sich in dieser großen Stadt befand. Er frühstückte hastig, packte die wenigen Sachen in den Koffer zurück, zahlte die Rechnung, stieg in das Taxi, das er bestellt hatte. Sie fuhren in Richtung Süden, überquerten den Boulevard Malesherbes. Denninghoff wunderte sich, dass ihnen hier, obwohl eben noch dichter Verkehr herrschte, so wenige Autos entgegenkamen, und auch die Place de la Concorde, von der aus sie nach rechts in den Cours la Reine einbogen, war beinahe menschenleer. Aber nun sah er schon die Avenue Winston Churchill und das berühmte, völlig unübersichtliche Monument mit dem Glasdach und wie sich vor dem Säuleneingang eine lange Schlange gebildet hatte, so dass Denninghoff befürchtete, die Ausstellungsräume könnten überfüllt sein. Er war sicher, dass er, sowie er den Kassenschalter passiert und seinen Mantel an der Garderobe abgegeben haben würde, dass er dann auf dem kürzesten Weg, er erinnerte sich noch genau, durch welche Korridore er hätte gehen müssen, dass er auf dem kürzesten Weg an jenen Ort zurückfinden würde, an dem er mit Kathrin den Caillebotte entdeckt hatte. Eine Weile hatten sie über die Eigenart und das

Außergewöhnliche der Malerei gefachsimpelt. Dann hatte Kathrin mit dem Finger auf das Paar, das im Vordergrund zu sehen war, gezeigt:

»Sieh nur«, hatte sie gesagt, »die zwei wirken überaus lebendig, verharren aber in ein und derselben Haltung. Es gibt eine Ewigkeit des Augenblicks.«

Denninghoff war voller Zuversicht. Denn was für die Malerei galt, warum sollte dies nicht auch für jenes kurze Zusammensein vor dem Gemälde mit dem Goldrahmen gelten. Sie waren einander sehr nahe gewesen. Denninghoff hatte Kathrin um die Schultern gefasst, und zuletzt sahen sie auf die Leinwand mit dem verregneten Paris und schwiegen.

›Die Ewigkeit des Augenblicks‹, dachte Denninghoff, gab seinen Mantel ab, beeilte sich, die Barriere, an der die Eintrittskarten kontrolliert wurden, zu passieren, und zunächst kam ihm, was er in den vorderen Korridoren sah, vertraut vor. Da waren, wie beim ersten Mal, jene leuchtenden, auf heitere Weise verschwommenen Ansichten von Brücken und Seen. Es waren Bilder von Monet, die hier und, je weiter er ging, überall an den Wänden zu besichtigen waren. Auch Renoir und Cézanne waren zu entdecken, aber als Denninghoff jene Stelle, an der der Caillebotte hätte hängen müssen, erreicht hatte, war da nichts weiter als ein Schaltkasten, den man offenbar erst vor kurzem installiert hatte, um die Feuchtigkeitsmesser des Museums mit Strom zu versorgen.

Denninghoff wandte sich ab. Man sah noch, wie er mit langsamen Bewegungen, als hätte er sich verirrt, in Richtung Erdgeschoss unterwegs war, und Minuten später stand er in dem Museumsshop vor den Ständen mit den Postkarten. Umständlich kramte er darin herum, entdeckte Bilder von Caillebotte, aber nicht jenes, das er suchte, und als er der jungen Frau, die an der Kasse stand, eine der Postkarten hinhielt und wissen wollte, wo denn das berühmte »Rue de Paris, temps de pluie« in diesem Palais zu finden sei, bekam er die Antwort:

»Nirgends, Monsieur. Das hatten wir im September zweitausendzehn als Leihgabe. Das Original hängt im Chicago Art Institute.«

5

Am selben Tag noch flog Denninghoff nach Berlin zurück, und nun folgten Wochen, in denen er versuchte, sich abzulenken. Genauer: Er hatte sich einen Navigator mit Internetzugang in den alten Volvo einbauen lassen, so dass er, wenn er gezwungen war, auf einen Fahrgast zu warten, jederzeit die allerneuesten Nachrichten verfolgen konnte, und was er sah, war überaus aufregend. Unnötig, darauf hinzuweisen, welche Vielfalt die Welt für den, der sie auf dem Bildschirm betrachtet, tagtäglich zu bieten hat. Man sieht alle Arten des menschlichen Zusammenlebens, von den Augenblicken des Glücks bis zu jenen Greueltaten, die Denninghoff regelmäßig abschaltete. Dafür sah er gern, wie man in England mit den Hochzeitsvorbereitungen des Kronprinzen beschäftigt war, oder er sah, wie man versuchte, sich gegenseitig in hochaufgerüsteten Sportwagen zu überholen, und dazwischen die aggressiv aufdringlichen Bilder der Reklame. Es war eine Welt, die, kaum dass man sie entdeckt hatte, wieder verschwand, und so konnte es vorkommen, dass Denninghoff irgendwann, auch wenn er gezwungen war, länger als sonst an einem Taxistand zu warten, dass er den Navigator samt Internetanschluss einfach ins Leere laufen ließ und stattdessen durch die heruntergekurbelten Scheiben sah. Dann glaubte er zu bemerken, dass alles um ihn herum, wenn er nur den Mut hatte, sich auf sich selbst zurückzuziehen, andere, ruhigere, irgendwie wünschenswertere Dimensionen bekam.

Aber es waren Stimmungen, denen er nicht vertraute. Abends saß er in der Küche auf einem Stuhl, und wieder dachte er darüber nach, wie unverzeihlich es gewesen war, bei der Auflösung der Wohnung in der Pfalzburger Straße derart nachlässig zu verfahren.

›Ich habe alles weggegeben, nicht nur das Poster. Ich habe nichts mehr, woran ich mich halten könnte‹, dachte Denninghoff. ›Und war es wirklich nötig‹, dachte er, ›die Pfalzburger Straße zu verlassen, anstatt dort zu bleiben, wo wir beide zu Hause gewesen sind! Ja, zu Hause‹, dachte Denninghoff und spürte sehr wohl, wie sinnlos es war, sich an dem, was vergangen war, derart hartnäckig festzuhalten.

Es war wie ein Sog, und er war erleichtert, als ihm einfiel, dass er möglicherweise noch einen Schlüssel zu der alten Wohnung besaß. Er erhob sich, zog eine Blechbüchse aus dem Hängeschrank, in der er herumzukramen begann, und tatsächlich: Zuletzt hielt er ein Lederband in der Hand, daran der Ersatzschlüssel für die Wohnung in der Pfalzburger Straße, den er vergessen hatte, abzugeben.

Am nächsten Morgen staunte Denninghoff über sich selbst und dass er es nicht unterlassen konnte, mit seinem Taxi wieder durch die Pfalzburger Straße zu fahren. Irgendwann glaubte er sicher zu sein, Dr. Biederstein von weitem zu erkennen und wie der ältere Herr, der wie immer einen tadellosen Anzug trug und das Hemd wirkte frisch gebügelt, wie er umständlich und indem er die Aktentasche schloss, in Richtung Uhlandstraße einbog.

›Er geht zur U-Bahn-Station‹, dachte Denninghoff, fuhr in eine Parklücke und verließ den Wagen.

Was er nun tat, war ihm eine Sache der Gewohnheit: Er zog das Lederband aus der Hosentasche, steckte den Schlüssel ins Schloss, erinnerte sich noch, dass sich die Tür, wie eben jetzt, mit einem leichten Druck der Schulter öffnen ließ. Auch die drei Treppen in die obere Wohnung machten ihm keinerlei Schwierigkeiten, und da er mit dem Schlüssel die Wohnungstür öffnen konnte, betrat er wenig später den engen, langgestreckten Korridor, der lediglich von der Küche aus etwas Helligkeit erhielt. Daran hatte sich nichts geändert, und früher war Denninghoff, bevor er das Licht einschaltete, für einen

Augenblick stehengeblieben, um Kathrin, die in der Küche hantierte, etwas zuzurufen. Sie war meist vor ihm zu Hause gewesen, hatte damit begonnen, das Abendessen vorzubereiten, und da Denninghoff anschließend zur Garderobe ging, um Mantel und Mütze abzulegen, wechselten sie ihre ersten Worte über eine Distanz hinweg.

Die Garderobe existierte nicht mehr, stattdessen stand jetzt eine Truhe im Weg, über die Denninghoff beinahe stolperte. Ansonsten, davon konnte er sich überzeugen, war die Wohnung fast leer, so dass es ihm ein Leichtes gewesen wäre, sich die Räume in ihrem alten Zustand, so wie er sie verlassen hatte, vorzustellen. Aber es kam nicht dazu. Denninghoff hörte, wie jemand an der Wohnungstür, die angelehnt war, hantierte, und als er sich umdrehte, als er sich vergewissern wollte, ob er sich geirrt hatte, kam ihm Dr. Biederstein entgegen.

Diesmal wirkte er ruhig, machte keinerlei Anstalten, Denninghoff, der immerhin in seine Wohnung eingedrungen war, zur Rede zu stellen, und als Denninghoff den Versuch machte, sich zu rechtfertigen, schnitt ihm der ältere Herr das Wort ab und forderte ihn auf, in das Zimmer neben der Küche zu gehen. Er selber wartete, bis Denninghoff die Tür, auf die er wies, geöffnet hatte. Ein großer Schreibtisch wurde sichtbar, der von einem Bücherbord aus Metall umstellt war. Überall Akten und juristische Fachliteratur, und Denninghoff begriff sofort, dass dies das Arbeitszimmer eines Rechtsanwalts war.

Zunächst war Dr. Biederstein damit beschäftigt, seine Aktentasche zu ordnen, dann saßen sich die beiden gegenüber, Dr. Biederstein mit dem Rücken zum Fenster, Denninghoff hatte Mühe, die Sonne, die ins Zimmer schien, abzuwehren. Immer wieder hielt er sich die Hand vor die Augen, rückte zuletzt mit dem Stuhl zur Seite, und nachdem er Dr. Biederstein den Schlüssel mit dem Lederband über die Tischplatte hinweg zugeschoben hatte, nahm dieser keinerlei Notiz davon.

»Warum sind Sie hier eingedrungen?«, fragte er stattdessen. »Und was, machen Sie bitte keine Umstände, kann ich für Sie tun?«

Denninghoff versuchte sich zu erklären. Dies dauerte eine Weile. Dr. Biederstein hörte ruhig zu. Das Telefon klingelte, sie ließen es unbeachtet, und nachdem das Klingelzeichen verstummt war, sagte der Rechtsanwalt:

»Ja, natürlich, Sie suchen nach Indizien für Ihre Frau. Aber wer jemanden, den er liebt, frühzeitig verliert, der sollte sich Gedanken darüber machen, ob er es aushält, dass man das, was als Asche übrig bleibt, einfach ins Meer kippt. Man bestattet niemanden im Nirgendwo, dort, wo man ihn nicht zurückklagen kann.«

Dies sagte er, und dabei klopfte er mit dem Handrücken auf einen Aktendeckel, ganz so, als hätte er einen Mandanten vor sich, der ihm das, was unabänderlich war, doch noch zur Begutachtung übergeben hatte.

»Ich kann Sie nicht trösten, aber wenigstens beruhigen«, fügte Dr. Biederstein hinzu. »Sehen Sie selbst«, sagte er und wies auf das Bücherbord. »Lauter Scheidungsklagen. Lauter gescheiterte Ehen. Und wäre Ihre Frau nicht gestorben, wer weiß, vielleicht hätten auch Sie sich, sagen wir spätestens in zehn Jahren, von ihr getrennt.«

6

Nach der Begegnung mit diesem, wie er fand, unangenehmen Menschen war Denninghoff vollends außerstande, die Sache hinter sich zu bringen, um, wie alle anderen auch, wenn auch auf vorbelastete Weise, einfach zu leben. Er hatte sich nach der letzten Anzüglichkeit des Dr. Biederstein wortlos erhoben, hatte noch bemerkt, dass man die Haken, an denen die Nachttischlampen angebracht gewesen waren, nicht entfernt hatte, so dass er, ›wenigstens das‹, dachte Denninghoff, für einen Augenblick sicher war, dass dort, an eben dieser Wand, ihre Betten gestanden hatten. Im Korridor sah er sich ein letztes Mal um, dann war er wieder in seinem Wagen und fuhr über den Theodor-Heuss-Platz auf die Heerstraße hinaus.

Er war empört, dass man sich über jemanden, der sich nicht mehr wehren konnte, derart zynisch hatte äußern können. Andererseits: Es war durchaus möglich, dass er und Kathrin sich, wie andere Paare auch, irgendwann auseinandergelebt und somit entfremdet hätten.

»Und wäre es so, dann wäre der Verlust dieser Frau, die ich immer noch liebe, kein Unglück«, murmelte Denninghoff, erschrak aber gleichzeitig, dass er zu solch einem Gedanken fähig war.

Es begann zu dämmern. Denninghoff bemerkte, dass sich ein Schwarm Krähen, er war jetzt in Pichelsdorf und konnte über die Havel hinweg zur Weinmeisterhöhe sehen, dass sich diese Vögel zögerlich und indem sie einen Halbkreis bildeten, in Richtung Südosten absetzten.

›Sie fliegen zum Teltowkanal. Falls ich vor ihnen da sein will, muss ich mich beeilen‹, dachte Denninghoff und bog über den Bollmannweg in die Gatower Straße ein.

Aber wie rasch er auch fuhr, wie geschickt er die Ampeln überwand, als er den Kanal und die Lichtung mit dem Schild endlich erreicht hatte, war es nach acht Uhr, und nun hoffte er darauf, dass sich auch die Krähen, obwohl dies noch nie vorgekommen war, verspätet haben könnten. Er setzte sich auf einen Baumstamm, schlug die Beine übereinander, und er hatte sich nicht geirrt: Noch vor der Dunkelheit, aber so, dass man sie deutlich erkennen konnte und als müssten sie die Zeit, die sie der zögerliche Flug gekostet hatte, nachholen, tauchten sie über den Kronen der Bäume auf. Einige von ihnen scherten aus, und obwohl diese Begegnung, dann war der Schwarm wieder verschwunden, nur wenige Sekunden dauerte, spürte Denninghoff, wie erleichtert er war.

Er beschloss, dieses Mal nicht auf kürzestem Weg zu dem Taxi, das, wie er wusste, ordnungswidrig geparkt war, zurückzukehren. Er blieb sitzen, und nun sah er, dass das Stück Himmel, das er vor Augen hatte, je dämmriger es wurde und je mehr sich der Rest Helligkeit in Richtung Westen verzog, dass der Himmel über den Pappeln an Konturen gewann. Zunächst war da ein verwaschenes Blau, ein Anblick, den man kennt, wenn man versucht, in die unendliche Weite zu sehen. Dann aber verdichtete sich das Ganze, wirkte wie eine Folie, und die drei, vier Sterne, die darin funkelten, rückten näher heran, und zwar so sehr, dass man zuletzt den Eindruck gewann, sie befänden sich unmittelbar über den Kronen der Bäume.

›Eine Fata Morgana‹, dachte Denninghoff, und er fand, dass es ihm erlaubt sein müsste, in dem Gefunkel, das er vor Augen hatte, auch jene Stimmung wiederzufinden, die ihn auf dem Meer heimgesucht hatte. Hier wie dort herrschte, wenn man sich darauf einließ, eine kalte, abweisende Gleichgültigkeit.

›Und doch‹, dachte Denninghoff, ›konnte man sich der Berührung mit dem, was Kathrin, und auf so unwiderrufliche Weise, zum Verschwinden gebracht hat, nicht entziehen. Und warum auch. Hier‹, dachte er, ›treiben wir von Ort zu Ort, von Gelegenheit zu Gelegenheit. Kathrin hingegen ist wirklich frei. Sie ist jetzt überall und nirgends.‹

Er erwiderte den Gruß einiger Männer, die in einem Boot an ihm vorbeiruderten, zog einen Kalender hervor, schien etwas zu notieren, dann ging er ein paar Schritte, aber nicht dorthin, wo er hergekommen war. Nein, er ging durch den Staudenknöterich auf den Kanal zu, und man sah noch, wie er sich, um in dem steilen Gelände die Balance nicht zu verlieren, abstützte.

Stunden später begann es zu regnen, und der alte Volvo stand, so wie Denninghoff ihn abgestellt hatte, nämlich im Halteverbot vor der Knesebeckbrücke, immer noch da. Die Scheinwerfer waren erloschen, die Fahrertür war angelehnt, über dem Sitz im Fond hing eine Jacke, und nachdem man die Polizei gerufen hatte, suchten die Beamten das Ufer des Teltowkanals ab. Man fand nichts, übersah auch die niedergetretenen Grasbüschel auf der Höhe der Lichtung und das Stück Papier, das Notizen enthielt, und dass da zerstreut ein paar Krähenfedern lagen.

Der Bürgermeister von Teltow

1

Ja, die Krähen aus der Familie der Rabenvögel. Jeder kennt sie, jeder kann bezeugen, dass sie auf den Straßen mit scheuen, misstrauischen Bewegungen, um etwas Fressbares aufzuspüren, hierhin und dorthin unterwegs sind. Aus allernächster Sichtweite ist ihr Gefieder hell und dunkel gemustert, aber wenn sie sich erheben, wenn sie, wie am Ufer des Teltowkanals, über den Kronen der Pappeln auftauchen, ähneln sie dem *Corvus corax*, genauer: Sie wirken wie ihr größerer Artgenosse, der Kolkrabe, vollkommen schwarz, und es war durchaus möglich, dass eines dieser Tiere, und ohne dass man es hätte erklären können, plötzlich auf dem Rücksitz eines Autos saß. So auch an jenem Abend, als der Bürgermeister von Teltow mit seinem Peugeot die Knesebeckbrücke passierte. War da nicht hinter ihm ein in sich geduckter, überaus schmaler Schatten?

Andreas Schmittke ließ es unbeachtet. Er hatte andere Sorgen, denen er sich sofort und mit ganzer Kraft widmen musste. Da waren die Renovierungsarbeiten, die dem kleinen Ort mehr Ansehnlichkeit verleihen sollten, da waren die Gespräche mit den Investoren, die es zu überzeugen galt, dass es auch südlich des Teltowkanals Möglichkeiten gäbe, Industriezweige anzusiedeln, und er kümmerte sich unermüdlich, dies war sein besonderes Anliegen, um das Freizeitangebot für Jugendliche und Senioren. Er war stolz darauf, dass es ihm gelungen war, eine Ruine in unmittelbarer Nähe der Stadtkirche auszubauen, so dass man sie als Tanzsaal nutzen konnte, und wenn eine Kapelle aufspielte und besonders wenn sich ältere Mitbürger gutgelaunt, beinahe ausgelassen im Kreis drehten, dann konnte es vorkommen, dass ihnen der Bürgermeister von der Straße aus durch die Scheiben hindurch zusah.

Dieser freundliche, immer noch jugendlich wirkende Mann mit dem dunkelgestreiften Hemd, dessen Kragen meist offen stand, dieser Mittvierziger mit dem gepflegten Dreitagebart, die Haare waren kurz geschnitten, dieser in der Nähe, nämlich in Kleinmachnow, Geborene, den man, und mit beträchtlicher Mehrheit, in sein Amt wiedergewählt hatte, dieser Mann mit dem Namen Andreas Schmittke, war für die Belange der Teltower Bürger unermüdlich unterwegs. Und so durfte man sich fragen: Gab es für den Bürgermeister von Teltow, außer der wöchentlichen Stadtverordnetenversammlung, dem obligatorischen Grußwort, das ins Internet gestellt wurde, der alltäglichen Kleinarbeit, die in seinem Büro zu erledigen war, gab es für Andreas Schmittke auch noch eine Privatsphäre, einen Ort, wohin er sich zurückziehen konnte und wo er, wenn auch nur für wenige Stunden, schwer zu erreichen war?

Ja, doch. Schmittke war, wie jeder wusste, seit fünf Jahren verheiratet, hatte zwei Töchter, und er bewohnte einen Bungalow im Stadtteil Ruhlsdorf. Er fuhr einen Caravan der Marke Peugeot, groß genug, um mit der Familie und dem notwendigen Gepäck in Urlaub zu fahren, was selten genug vorkam, und hin und wieder musste er sich bei seiner Frau entschuldigen und erklären, dass dies der Preis für seine Karriere sei.

Ein Politiker, und vor allem an herausragender Stelle, ein Politiker, versicherte Andreas Schmittke, sei eben dazu gezwungen, sich ganz und gar und in aller Öffentlichkeit seinen Aufgaben zu widmen.

2

Im Mai feierte man in Teltow das Frühlingsfest, und es war wie immer ein Erfolg. Nicht nur, dass sich zahlreiche Gäste um das Bühnenpodest drängten, auf dem ein Sänger und eine Band ununterbrochen mit Rock- und Popklassikern zu hören waren, es gab auch wieder den vielbeklatschten Auftritt des Hauptmanns von Köpenick, und als Highlight wurde eine überdimensionale Raupe aus Pappmaché über den Platz geschoben. Andreas Schmittke hielt eine kurze Ansprache und forderte alle Anwesenden auf, das Monster zu übermalen oder mit Tüchern und bunten Bändern zu dekorieren, und er erklärte, dass damit die Wiedergeburt der Stadt symbolisiert werden sollte. Es wäre unnötig, darauf hinzuweisen, dass es an jeder Ecke, auch in den Nebenstraßen, reichlich, ja im Überfluss zu essen und zu trinken gab, und am Abend sah man noch, wie der Bürgermeister von Teltow, der dies alles initiiert hatte, über den Rathausplatz hinweg von Tisch zu Tisch ging, um Gäste zu verabschieden.

War der Tag damit beendet? Keineswegs. Nachdem man die Scheinwerfer abgeschaltet hatte und nachdem Andreas Schmittke mit seiner Frau und den beiden Töchtern zum Bungalow nach Ruhlsdorf gefahren war, äußerte er den Wunsch, noch einmal ganz allein mit dem Wagen unterwegs zu sein.

»Sei nicht böse«, sagte er, »aber ich muss mich entspannen.« Und seine Frau antwortete: »Aber selbstverständlich. Ich bringe die Kinder ins Bett, und dann trinken wir, wenn du willst, ein letztes Glas Wein.«

Als Andreas Schmittke, er fuhr beinahe im Schritttempo, in die Innenstadt zurückkehrte, spürte er, wie erregt er war, hatte wohl, entgegen seiner Gewohnheit, etwas zu viel Sekt getrunken, und als er endlich die Knesebeckbrücke hinter sich hatte und auf der wenig befahrenen Strecke nach Schönow unterwegs war, hier gab es keine Straßenbeleuchtung mehr, hier war alles dunkel, als er glaubte, was er doch vorgehabt hatte, endlich allein zu sein, hatte er das Gefühl, es säße ihm wieder jemand im Rücken. Es war ein in sich geduckter, überaus schmaler Schatten, und Andreas Schmittke weigerte sich, in den Rückspiegel zu sehen, um zu überprüfen, ob es eine Krähe war.

›Wir haben zu viele davon. Wohin man auch sieht, überall diese Aasfresser‹, dachte Andreas Schmittke und ärgerte sich darüber, dass er solch einen Gedanken überhaupt gelten ließ.

Am nächsten Morgen, er war mit einigen Kollegen in Zehlendorf verabredet, sah Andreas Schmittke, als er erneut die Knesebeckbrücke überquerte, dass der Stadtverordnete, der für den Umweltschutz verantwortlich war, dass Dr. Wiede am Ufer des Kanals beschäftigt war. Er hatte sein Fahrrad gegen einen Baum gelehnt, stieg über den Staudenknöterich hinweg, sah in den Himmel, und er hatte, ›sieh mal einer an‹, dachte Andreas Schmittke, einen Fotoapparat in der Hand. Ob er ihn benutzte, konnte Schmittke, der die Brücke bereits hinter sich hatte, nicht erkennen, aber jetzt fiel ihm ein, dass er den Kollegen auf dem gestrigen Frühlingsfest nirgendwo gesehen hatte.

›Vielleicht hat er sich gelangweilt und wollte lieber in dem Kanalwasser herumwaten‹, dachte Schmittke und nahm sich vor, auf der nächsten Stadtverordnetenversammlung, falls sich die Gelegenheit dazu bieten würde, einmal ausführlich über den Umweltschutz zu diskutieren.

Und so war es denn auch: Eine Woche später, nachdem man einige Maßnahmen, die Infrastruktur der Stadt betreffend, beschlossen hatte, verwies Andreas Schmittke nicht ohne Stolz darauf, dass Teltow das größte Naherholungsgebiet der Umgebung aufweisen würde.

»Wir haben«, sagte er, »nicht nur die Buschwiesen oder den Pappelwald mit seinen Hasen, Rebhühnern, Rehen, Füchsen, wir haben auch noch den Röthepfuhl. Hier gibt es Graureiher, Stockenten, Erdkröten, Teichrohrsänger und Nachtigallen. Frage also«, fügte er hinzu, »ist es tatsächlich nötig, dass wir uns um die Krähen am Teltowkanal kümmern?«

Man verstand nicht, was er meinte. Trotzdem war Dr. Wiede aufgerufen, sich zu dem, was der Bürgermeister mit besonderem Nachdruck und über zehn Minuten hinweg vorgetragen hatte, zu äußern. Er tat dies mit Humor.

»Sehr geehrter Herr Bürgermeister«, sagte er. »Sie haben vollkommen recht. Wir brauchen die Graureiher im Röthepfuhl und die Nachtigallen in zurechtgestutzten Sträuchern. Und was die Krähen anbelangt... Meinen Sie nicht auch«, sagte der Stadtverordnete und berührte Schmittke, der dies gelten ließ, vertrauensvoll am Ellbogen, »meinen Sie nicht auch«, wiederholte er, »dass diese Tiere für unsere Stadt von Nutzen sein könnten? Man wird, wie man weiß, durch die merkwürdigsten Dinge berühmt. Und was für die Teltower Rübchen gilt, das könnte ebenso gut für eine Ansammlung von Krähen gelten.«

3

Nach dieser Bemerkung, die ein Symbol der Stadt, nämlich die Teltower Rübchen, ironisch, um nicht zu sagen, abfällig konterkariert hatte, bat Andreas Schmittke den Umweltbeauftragten in sein Büro. Zunächst versicherte er seinem Gast, wie vernünftig es sei, ein Fahrrad zu benutzen.

»Wir sind viel zu viel mit dem Auto unterwegs«, sagte er, wies auf den runden Sofatisch, auf dem zwei Cognacgläser standen, und nachdem sich beide gesetzt hatten, kam er nochmals auf die Krähen am Teltowkanal zu sprechen.

Keine Frage, man sollte sie pfleglich behandeln. Aber ob diese Vögel nicht ein öffentliches Ärgernis darstellen würden, wollte er wissen.

»Sie nehmen überhand. Man sieht sie überall in der Stadt, und es fehlt nicht viel«, sagte er, »dann kriechen sie auch noch in unsere Autos.«

»Krähen«, antwortete Dr. Wiede, »können zwar lästig werden, halten aber auf Abstand. Sie sind außerordentlich scheu.«

»So«, sagte Andreas Schmittke, lehnte sich in seinem Stuhl zurück und schien etwas zu überdenken. »Und wofür brauchen Sie, wenn Sie den Kanal inspizieren, einen Fotoapparat?«

»Einige Verkehrsschilder müssen ausgewechselt werden, und es gibt brüchige Stellen am Ufer, die für Spaziergänger gefährlich werden könnten.«

»Und gibt es auch ein Foto von den Krähen?«

»Selbstverständlich«, antwortete Dr. Wiede, fasste in die Jackentasche und zog ein Kuvert hervor.

Eine Viertelstunde später saßen die beiden immer noch da. Der Bürgermeister von Teltow sortierte die Aufnahmen, die der andere ihm hingeschoben hatte. Dann, nachdem er ein Foto aussortiert hatte, erhob er sich, legte es in die Schublade seines Schreibtischs und bat den anderen, über das, was sie eben erörtert hatten, zu schweigen.

Am selben Nachmittag noch sah man, wie Andreas Schmittke mit seinem Peugeot wieder über die Knesebeckbrücke fuhr. Genauer: Kaum hatte er die Brücke passiert, fuhr er zurück und mit einer Langsamkeit, die darauf schließen ließ, dass ihn irgendetwas beschäftigte. Ständig beugte er sich nach vorn oder sah in den Rückspiegel, und er hatte, seltsam genug, das Foto mit der Krähe auf den Knien. Vielleicht wollte er herausfinden, ob es mit dem schmalen, in sich geduckten Schatten, der neuerdings öfter als gewöhnlich auftauchte, Ähnlichkeiten gab.

›Es sind die gleichen Umrisse wie auf dem Foto. Und was hindert mich daran‹, dachte Andreas Schmittke, ›mich einfach, dann wäre die Sache geklärt, umzudrehen.‹

Aber er unterließ es, rückte stattdessen den Spiegel zurecht, ohne Erfolg. Es gelang ihm nicht, jenes Etwas, das ihm im Rücken war und das er deutlich zu spüren glaubte, auch wirklich zu identifizieren.

Er zerriss das Foto, öffnete das Fenster, warf die Papierfetzen ins Freie, sah, wie sie vom Wind hoch aufgewirbelt wurden, dann fuhr er auf kürzestem Weg nach Ruhlsdorf, wo seine Frau mit einem gedeckten Tisch auf ihn wartete. Man hatte Grund zu feiern. Es war der 2. September, der Tag seiner Amtseinführung.

»Nun sind es drei Jahre her, seit man dich zum Bürgermeister von Teltow wiedergewählt hat«, sagte seine Frau nicht ohne Stolz.

Sie tranken ein Glas Prosecco, spielten mit den Kindern »Mensch ärgere dich nicht«, und als es Zeit war, zu Bett zu gehen, bemerkte Andreas Schmittke, dass da ein Päckchen auf seinem Kopfkissen lag.

Es war eine CD der Schubertschen *Winterreise*, gesungen von dem Amerikaner Williams, die er sich schon immer gewünscht hatte. Er griff zum CD-Player, der auf seinem Nachttisch lag, und nachdem er sich für die Überraschung bedankt hatte und seine Frau erklärt hatte, sie würde, falls er noch in die CD hineinhören wolle, schon versuchen zu schlafen, gab er ihr einen Kuss auf die Stirn und rückte die Kopfhörer zurecht.

Man kennt die Struktur der Schubertschen *Winterreise*, und man kennt auch die Reihenfolge, mit der er die Verse des Wilhelm Müller vertont hat, und natürlich konnte man unterstellen, dass dies Andreas Schmittke, der selten Zeit fand, Musik zu hören, nicht eben geläufig war. Aber nach der »Wetterfahne«, dem »Lindenbaum«, nach dem »Rückblick«, dem »Irrlicht«, dem »Frühlingstraum«, dem »Posthorn« kam unweigerlich jene Stelle, von der es besser gewesen wäre, er hätte sie nicht gehört. Denn nun sang der Amerikaner:

Eine Krähe war mit mir
Aus der Stadt gezogen,
Ist bis heute für und für
Um mein Haupt geflogen.

Krähe, wunderliches Tier,
Willst mich nicht verlassen?
Meinst wohl bald als Beute hier
Meinen Leib zu fassen?

Nun, es wird nicht weit mehr gehn
An dem Wanderstabe.
Krähe, lass mich endlich sehn
Treue bis zum Grabe!

4

Was soll das!«, rief Andreas Schmittke und saß kerzengerade in seinem Bett.

Und auch als seine Frau hochschreckte und versuchte, ihn zu beruhigen, war er außerstande zu erklären, warum er sich die Kopfhörer heruntergerissen hatte. Auch die beiden Töchter hatten seinen Schrei gehört. Sie standen verstört in der offenen Tür. Dies dauerte einige Sekunden, dann versuchte Andreas Schmittke zu lächeln, und da er unmöglich geltend machen konnte, er hätte nicht gewusst, dass der Amerikaner Williams eine Krähe besingen würde, behauptete er, er sei ebenfalls eingeschlafen und hätte schlecht geträumt.

Damit schien die Sache erledigt, und am nächsten Morgen hielt sich Schmittke länger als gewöhnlich im Bad auf. Er ärgerte sich, dass er die Nacht über schlecht geschlafen hatte.

›Das muss ein Ende haben‹, dachte er. ›Wie komme ich überhaupt dazu, mich, und nun schon seit Wochen, mit diesem Unsinn zu beschäftigen.‹

Zuerst war es der Streit mit Dr. Wiede über den

Corvus im Allgemeinen und ob man ihm am Teltowkanal ausreichend Platz verschaffen sollte. Dann der Schatten auf dem Rücksitz und der ständige Blick in den Spiegel, um sich zu vergewissern, dass dies lediglich der Angespanntheit seiner Nerven geschuldet war. Und jetzt das Schubertsche Lied, mit dem ihm die Krähe, die er bis dahin lediglich als lästig empfunden hatte, auch noch als bedrohlich aufgezwungen wurde.

Ob sie einverstanden wäre, wenn sie ihre Autos tauschen würden, wollte er von seiner Frau am Frühstückstisch wissen, und als sie meinte, der Fiat sei doch viel zu eng für ihn, antwortete er:

»Du hast vollkommen recht.«

Wenig später sah Andreas Schmittke zu, wie seine Frau die beiden Töchter, die sie zur Schule bringen wollte, auf dem Rücksitz ihres Autos festschnallte, wie sie den Fahrersitz verrückte. Ein letzter Griff, um die Spiegel zu korrigieren, dann fuhren die drei durch das Gartentor auf die Straße hinaus, und anstatt nun, er hatte die Haustür abgeschlossen, hatte die Aktentasche unterm Arm, anstatt nun auf den eigenen Wagen zuzugehen, zog Andreas Schmittke das Handy hervor und bestellte ein Taxi.

Im Teltower Rathaus, in dem kleinen Saal, in dem er erwartet wurde, wunderte man sich, dass er, statt mit seinem Peugeot, mit einem Mercedes vorfuhr.

Aber man sah die gelbe Leuchte auf dem Dach und die Reklame an den Türen, und nachdem Schmittke sich für seine Verspätung entschuldigt hatte, warf man noch einmal die Frage auf, ob es für den Bürgermeister nicht angemessen wäre, einen Dienstwagen zu benutzen. Andreas Schmittke winkte ab, wiederholte, was er immer geltend gemacht hatte, nämlich dass sich die Gemeinde dies nicht leisten könne, und nachdem die Sitzung beendet war, nachdem man über diesen und jenen Beschluss diskutiert hatte, bestellte er wieder ein Taxi und fuhr, und ohne dass er irgendeinen Grund dafür nannte, nach Ruhlsdorf zurück. Er bat den Chauffeur, nicht direkt vor der Haustür zu halten, und nachdem er gezahlt hatte und ausgestiegen war, ging er in einem Bogen an seinem Peugeot, der auf der Straße geparkt war, vorbei. Genauer: Er vermied es, ins Innere zu sehen.

Den Nachmittag über war Schmittke in der Garage beschäftigt, und am Abend, die Kinder saßen vor dem Fernseher, Frau Schmittke besserte eine Bluse aus, am Abend zog er sich frühzeitig ins Schlafzimmer zurück. Die Nacht verlief ruhig. Nur hin und wieder sah man, wie Andreas Schmittke sein Bett verließ, um in der Küche ein Glas Wasser zu trinken. Auch trat er für längere Zeit auf die Veranda hinaus, und am nächsten Morgen, als er das Haus verließ, bemerkte seine Frau, die am Küchenfenster stand, dass er diesmal nicht, wie sie vermutet hatte, ein Taxi bestellte. Langsam näherte sich Andreas Schmittke dem Peugeot, und es war unverkennbar, dass er Mühe hatte, die Autoschlüssel aus der Manteltasche zu ziehen. Dann, mit einer energischen Bewegung, öffnete er die Tür, und kaum dass er hinter dem Steuer saß, startete er den Motor und fuhr, das konnte Frau Schmittke noch erkennen, nicht in Richtung Teltower Innenstadt, sondern nach Blankenfelde hinaus.

Warum dies so war, wusste niemand zu sagen, und auch, was Andreas Schmittke, er war nun einige Zeit unterwegs, dazu veranlasst hatte, nicht seinen täglichen Verpflichtungen nachzukommen, sondern ziellos durch die Gegend zu fahren, auch darüber konnte man lediglich Vermutungen anstellen.

Natürlich: Er hatte allen Grund, beunruhigt zu sein. Ja, war er nicht schon, bevor er mit Dr. Wiede Cognac getrunken hatte, damit beschäftigt gewesen, das Eindringen eines Tieres, und sei es auch nur einer Krähe, in seinen Peugeot unmöglich zu machen! Hatte er nicht, bevor er gezwungen war, nach Zehlendorf und damit wieder über die Knesebeckbrücke zu fahren, hatte er nicht die Polster, indem er sie nach oben klappte, untersucht und nichts Verdächtiges gefunden! Und hatte er nicht, nachdem er endlich ins Auto gestiegen war, vorsorglich alle Türen verriegelt, so dass auch während der Fahrt, niemand, ja wirklich niemand Zugang zum Inneren des Wagens haben konnte!

Man sah, wie er auf halber Strecke nach Blankenfelde plötzlich in einen Feldweg einbog, wie er damit begann, das Auto zu beschleunigen, um kurz darauf heftig zu bremsen, wohl in der Hoffnung, die Krähe, immer vorausgesetzt, dass es wirklich eine war, würde durch die Wucht gegen die Windschutzscheibe geschleudert. Aber dies geschah nicht. Der Schatten verhielt sich schwerelos, und wieder hatte Andreas Schmittke den Eindruck, dass das, was ihm so hartnäckig im Rücken saß, mehr sein könnte als eine bloße Belästigung.

Diesen Gedanken wehrte er ab, und so verstand man, warum er erst einmal, obwohl er sich dessen schämte, mit seinen skurrilen Bemühungen fortfuhr und warum er, nachdem er den Feldweg hinter sich gelassen hatte und in eine Schonung eingebogen war, warum er das Auto, nachdem er die hinteren Türen geöffnet hatte, verließ und warum er sich von weitem auf die Lauer legte, darauf hoffend, das Ganze würde sich auf diese Weise doch noch erledigen.

Als er endlich, es war am späten Nachmittag, seinen Bungalow in Ruhlsdorf wieder erreicht hatte, erwartete ihn seine Frau am Gartentor.

»Wir haben uns Sorgen gemacht«, sagte sie und

hielt ihm einen Zettel hin, auf dem Notizen über Telefonate mit dem Bürgermeisteramt aufgezeichnet waren.

Man hatte, da Andreas Schmittke nicht in seinem Büro erschienen war, versucht, ihn auf seiner Privatnummer zu erreichen.

»Du hattest dein Handy vergessen, und ich habe ihnen nichts weiter sagen können, als dass du, wie jeden Morgen, aus dem Haus gegangen bist«, erklärte Frau Schmittke, und es war unverkennbar, wie verlegen ihr Mann reagierte.

Er nahm ihr den Zettel aus der Hand, murmelte einige Worte der Entschuldigung, stieg ins Auto zurück und fuhr, indem er den Motor aufheulen ließ, weiter in Richtung Teltower Innenstadt.

5

Kennt man die Rathäuser nach Dienstschluss und besonders jene, in denen tagsüber ein geschäftiges Gedränge herrscht, ein eiliges Hierhin und Dorthin? Es ist ein Ort, wo der gewöhnliche Bürger mit einem Angestellten der Kommunalverwaltung zusammentrifft. Hier werden alle Belange geordnet, die er zum Leben nötig hat. Hier hinterlässt er seine Adresse, nimmt Dokumente in Empfang, die seine Identität ausweisen, oder er darf darauf hoffen, dass man, falls er Beschwerden vorzubringen hat, sie auch sachgerecht bearbeitet. Dies geschieht, wie gesagt, von neun Uhr morgens bis fünf Uhr nachmittags, und danach, wenn der letzte Angestellte das Gebäude verlassen hat und nur noch der Pförtner in seiner engen Loge sitzt, wird es still. Die Türen, die eben noch in ständiger Bewegung waren, sind geschlossen, in den Treppenaufgängen, den Warteräumen, den mit Plakaten und Schaukästen vollgehängten Korridoren herrscht gähnende Leere, und um eben diese Zeit, es dämmerte bereits, bog Andreas Schmittke auf den für ihn reservierten Parkplatz ein. Flüchtig grüßte er den Pförtner, beeilte sich, dorthin zu kommen, wo man ihn den Tag über vergeblich erwartet hatte.

Aber merkwürdig: Statt sein Büro zu betreten, dessen Tür als einzige sperrangelweit offen stand, ging er den Korridor entlang, der bis zum anderen Ende des Gebäudes, bis zum Südflügel reichte und wie eine verlassene, besser noch, unberührbare Einöde wirkte, und als er die kleine Treppe, die zum Stubenrauchsaal führte, hinter sich hatte, als er die massive Tür, um in den Saal zu gelangen, zur Seite schob, spürte er das erste Mal, wie angenehm es war, an den Eichentisch zu treten, einen Stuhl hervorzuziehen und vollkommen absichtslos, ja was wollte er um diese Zeit in dem Saal, einfach nur dazusitzen.

›Es ist, als befände man sich in einer anderen Welt‹, dachte Andreas Schmittke, meinte aber, dass er keinen Grund hätte, sich zu beschweren.

Denn hier, wo die Stadtverordneten zusammentrafen, war es schließlich, wo er sich, und oft gegen erbitterten Widerstand, durchgesetzt hatte und wo er, ›es war keine Kleinigkeit‹, dachte Schmittke, als Bürgermeister wiedergewählt worden war. Darauf war er stolz, also wollte er die Stimmung, die ihn auf dem Stuhl festhielt, nicht länger gelten lassen. Er erhob sich, ging in den Korridor zurück, und nachdem er sein Büro betreten hatte, sah er vom Fenster aus auf den von Laternen umstandenen Rathausplatz, suchte mit Blicken nach dem Peugeot, und er überlegte ernsthaft, ob er nicht, wie Dr. Wiede, auf den Gebrauch des Autos verzichten und künftig mit einem Fahrrad unterwegs sein sollte, oder ob er seine Frau nochmals bitten sollte, ihm ihren Fiat zu überlassen.

Denn eines glaubte er sicher zu wissen: Die Krähe in seinem Rücken, oder was immer es sein mochte, dieses gewisse Etwas tauchte nur in seinem Peugeot auf, und vor allem dann, wenn er, was seine Arbeit betraf, besonders gefordert war.

Oder irrte er sich? War da nicht vom Korridor her ein Geräusch zu hören? Es war ein leichtes Flügelschlagen, dann ein heiseres, unterdrücktes Krächzen. Und tatsächlich: Als wäre da ein Teltower Bürger, der um eine Auskunft bitten wollte, saß plötzlich ein Vogel auf der Schwelle zur Tür. Er hielt sich unbeweglich, hatte den Kopf zur Seite geneigt, als müsse er jenen, der ihm gegenüberstand, genauestens in Augenschein nehmen. Der Rücken war grau meliert, der Schädel schwarz. Unverkennbar: Es war ein ausgewachsener *Corvus corone cornix.*

Als Schmittke, um die Krähe zu verscheuchen, in die Hände klatschte, sprang sie auf und hüpfte, ohne die Flügel zu heben, in Richtung Sofa, und kaum dass Andreas Schmittke versucht hatte, sie dort wegzujagen, stand sie wieder auf der Schwelle zur Tür, und wieder hielt sie sich unbeweglich, hatte den Kopf zur Seite geneigt, als müsse sie jenen, der ihr gegenüberstand, genauestens in Augenschein nehmen. Andreas Schmittke öffnete das Fenster. Die Krähe rührte sich nicht, wich auch nicht aus, als er nochmals, um sie zu verscheuchen, in die Hände klatschte, und nun wusste er sich nicht mehr zu helfen, griff zum Telefonhörer, um den Pförtner um Hilfe zu bitten.

Was folgte, konnte Andreas Schmittke nicht ahnen. Der Pförtner erschien, hatte auch ein Stück Pappe in der Hand, um damit notfalls auf das Tier, das den Bürgermeister belästigte, einzuschlagen. Er trat ein, um zu erfahren, wo sich die Krähe versteckt hielt. Aber dies war unnötig, denn sie hockte immer noch auf der Schwelle und damit dem Pförtner direkt vor den Schuhen.

»Da ist sie! Seien Sie vorsichtig!«, rief Andreas Schmittke, aber der andere verstand nicht, was damit gemeint war.

Für ihn war da niemand, und die Geste des Bürgermeisters, der mit dem Finger auf seine Schuhe wies, erschien ihm irgendwie sinnlos. Dies dauerte einige Sekunden, und schließlich sagte Andreas Schmittke, um die fragenden Blicke des anderen abzuwehren:

»Gut, dann bitte ich um Entschuldigung. Ich

habe mich geirrt. Ich danke Ihnen aber, dass Sie gekommen sind.«

»Wie Sie meinen«, antwortete der Pförtner.

Er ging fort, und nun war Andreas Schmittke mit sich und dem *Corvus corone cornix* allein.

Das Handy klingelte. Es war seine Frau. Er versuchte, sie zu beruhigen.

»Ich muss noch etwas erledigen, dann bin ich wieder bei euch«, sagte er.

Aber was sollte er jetzt tun? Und wem konnte er sich in dieser Frage anvertrauen, er, der Bürgermeister von Teltow, der vor kurzem noch die Krähen am Kanalufer als Aasfresser verspottet hatte! Sollte er jetzt, und wieder vor der Stadtverordnetenversammlung, eingestehen, dass sich eines dieser Tiere bei ihm eingenistet hatte! Und falls es nicht so war, falls er sich dies lediglich einbildete, umso schlimmer.

Er schloss die Tür, sah noch, wie die Krähe, indem sie mit den Flügeln ruderte, in eine Ecke des Zimmers flüchtete, aber sie richtete sich wieder auf, drehte den Kopf hierhin und dorthin, als wollte sie sich nicht nur in dem Peugeot, sondern auch in diesem Raum, genauer in dem Büro des Bürgermeisters von Teltow, für längere Zeit einrichten.

Das Haus in der Dorotheenstraße

I

Der Teltowkanal verläuft, wie gesagt, im Süden Berlins gute siebenunddreißig Kilometer von der Havel bis zur Spree, und er wirkt, da er etwas zu eng geraten ist, absolut schmucklos und besonders dort, wo er in östlicher Richtung die Ödnisse des Flachlands überwinden muss. Im Westen aber, wo er sich den Verwerfungen der Havelberge nähert, sind die Ufer, bevor der Kanal in den Griebnitzsee mündet, dicht bewaldet, und die wenigen Häuser, die unmittelbar am Wasser stehen, wirken auf idyllische Weise abseits und als gäbe es dorthin keinerlei Zugang. Aber in ihrer Nähe, wenn auch versteckt, verläuft die Dorotheenstraße, die direkt zu den Grundstücken am Kanalufer führt, und hier, in einer Villa, die von Buchen und Fichten umstanden war, wohnte das Ehepaar Klausen. Die beiden kannten sich aus der gemeinsamen Schulzeit, waren also, was ihre Eigenarten und Interessen betraf, über Jahre hinweg miteinander vertraut, und sie hatten mit dem Haus in der Dorotheenstraße etwas gefunden, das ihnen das Gefühl von Geborgenheit gab, so dass sie überlegten, ob es nicht vernünftig wäre, das Grundstück zu erwerben. Der Garten war verwildert, und die Fassaden hätte man erneuern müssen. Wo der Putz breitflächig abgebröckelt war, zeigten sich hässliche Ziegel, aber die Vorderfront, eine gewölbte Wand mit langgestreckten Fenstern, wirkte auf moderne Weise elegant, beinahe wie ein Musterbeispiel aus dem Art déco.

Zugegeben, dies fiel niemandem auf, weil die Villa sozusagen, bedenkt man die Verkehrsanbindung, im Abseits lag. Nach Kohlhasenbrück konnte man nur mit einem Auto gelangen oder mit dem Bus, der alle halbe Stunde über den Teltowkanal fuhr, um in einem enggehaltenen Halbkreis, der die Endstation bildete, zu wenden. Dahinter, in Richtung Norden, begann der Wald, und im Süden, wenn man auf der Nathanbrücke stand, sah man das überwucherte Kremnitzufer.

Gottfried Klausen war Korrespondent einer überregionalen Tageszeitung, und er nahm seinen Beruf sehr ernst. Was er zu berichten hatte, musste klar und nachvollziehbar sein, so dass er gezwungen war, gründlich zu recherchieren. Er hatte, das wusste man in der Redaktion zu schätzen, einen überaus präzisen Stil, und da er mehrere Sprachen beherrschte, schickte man ihn ins Ausland, etwa nach Rom oder

Madrid, und irgendwann bat man ihn, die Vertretung in London zu übernehmen. Damit war er einverstanden, obwohl seine Frau erklärte, dass sie fürs Erste in Kohlhasenbrück, genauer, in dem Haus an der Dorotheenstraße, bleiben würde.

»Wir haben keine Eile«, sagte Klausen. »Und falls es mir in London gefällt und wir eine passende Wohnung finden, kommst du einfach nach.«

Man beratschlagte, wie man den Zustand der Trennung, der unmittelbar bevorstand, möglichst rasch beenden könnte. Klausen packte seinen Koffer, Xenia fuhr ihren Mann nach Schönefeld, und als sich die beiden in der Flughafenhalle umarmten, dauerte dies etwas länger als gewöhnlich.

2

Stunden später war Gottfried Klausen in seiner Londoner Wohnung, und es erübrigt sich zu beschreiben, wo genau er in der Stadt an der Themse untergekommen war. Vielleicht nur so viel: Man hatte ihm eine Zweizimmerwohnung zugewiesen. Er bestand aber darauf, dass er irgendwann, um mit seiner Frau zusammen zu sein, in ein größeres Apartment umziehen durfte, war auch bereit, einen Teil der Miete, wenn man es verlangte, selber zu zahlen. Aber zunächst blieb es bei dem Vorsatz, denn sechs Wochen später bewohnte Klausen immer noch die enge Wohnung, und dass er gezwungen war, seine Frau, wenn sie miteinander telefonierten, zu vertrösten, machte die Sache auch nicht besser.

Und dann dieses sprichwörtlich schlechte Wetter, das jetzt, Ende März, obwohl Klausen darauf vorbereitet war, seine Unzufriedenheit steigerte!

›Vielleicht hätte ich doch nicht hierherkommen sollen‹, dachte er, als er auf einer Brücke stand und bemerkte, wie kalt ihm der Wind ins Gesicht blies und wie unmöglich es war, in dem Regen, der eingesetzt hatte, den Schirm aufzuspannen.

Meist ging er, wenn er fror, in ein nahegelegenes Restaurant, aß eine Kleinigkeit, dann saß er wieder vor seinem Rechner. Er tat seine Arbeit, und was er den Abend über notierte oder verbesserte und schließlich zu einem Artikel erweiterte, war für seine Zeitung bestimmt. Es waren Kommentare, den Bereich der Wirtschaft betreffend, dafür war er zuständig, und es gab niemanden in der Redaktion, der so kenntnisreich und umfassend über die Interna der Londoner City zu berichten wusste. Es machte ihm Spaß, aber es war die übliche Routine, und was ihm diese Stadt ansonsten zu bieten hatte, erfuhr er erst, als er sich entschloss, in seiner Freizeit nicht immer nur auf der Brücke an der Themse zu stehen. Eines Tages besuchte Gottfried Klausen auf eine Empfehlung hin die berühmte Royal Shakespeare Company, und er staunte, wie ihm dort eine Welt vor Augen geführt wurde, die nicht irgendwelchen Fakten und deren Nachweisbarkeit, sondern ausschließlich der Willkür, der Unzuverlässigkeit des schönen Scheins geschuldet war.

Denn was man in *The Tragedy of Othello, the Moor of Venice* zu sehen bekam, wirkte, zumindest für Gottfried Klausen, vollkommen unglaubwürdig, und er staunte, dass ihm dort in bunten Kostümen und mit wilden, eindringlichen Gebärden ein Mann vorgeführt wurde, der vorgab, seine Frau bedingungslos zu lieben und der sich trotzdem weigerte, die Untreue, die man ihr angedichtet hatte, auf vernünftige Weise zu hinterfragen.

›Stattdessen bringt er sie lieber um, obwohl sie ihm unter Tränen ihre Unschuld versichert‹, dachte Gottfried Klausen, war aber, was die Leistung der Schauspieler betraf, beeindruckt.

In sein Apartment zurückgekehrt, wählte er Xenias Nummer, ließ es lange klingeln, denn er wusste, dass sie die Angewohnheit hatte, ihr Handy in der Handtasche liegenzulassen.

›Sie hört es nicht, wenn sie in einem anderen Zimmer ist‹, dachte Klausen und beschloss, obwohl es teurer war, Xenia über das Festnetz zu erreichen.

Aber auch dort meldete sich niemand. Also ging er erst einmal ins Bad, um es später nochmals zu versuchen, aber als er im Bett lag, war er zu müde, und er fand es unnötig, jetzt noch ein längeres Gespräch zu führen. Er, Klausen, hatte sich an die Verabredung gehalten, und falls Xenia etwas dazwischengekommen war …

›Macht nichts‹, dachte er noch, dann, es war Viertel vor zwölf, hörte man ihn ruhig atmen.

Jeder kennt die Stimmung, die um einen Schlafenden entsteht. Es ist so etwas wie Fremdheit, und doch bleibt alles, wie es war: Da sind die Möbel, die, nachdem die Nachttischlampe nicht mehr brennt, ihre Schatten werfen, da ist das unverhangene Fenster, durch das genügend Licht fällt, um auch den kahlen Wänden ringsherum Konturen zu geben, und hinter dem Fenster beginnt das grenzenlose Draußen, das, da niemand es wahrnimmt, wie unerlöst, wie beziehungslos, wie eine Welt ohne Gegenüber wirkt, und selbst der Mond, der über den Dächern der Stadt aufsteigt, kann seine Schönheit nicht zur Geltung bringen. Und wenn nun der eben noch Schlafende aus irgendeinem Grund, vielleicht weil er unbequem lag oder schlecht geträumt hatte, sich plötzlich mit einem Seufzer aufrichtet und, mit beiden Händen Halt suchend, auf der Bettkante zu sitzen kommt, dann wäre es möglich, dass sich zwei Welten, die zusammengehören, für Augenblicke nicht mehr berühren.

›Wo bin ich‹, dachte Gottfried Klausen, und: ›Wie spät ist es‹, und: ›Warum ruft Xenia nicht an.‹

3

Wir müssen uns um die gemeinsame Wohnung kümmern. Ich habe auch schon etwas in Aussicht«, sagte Gottfried Klausen, als er am nächsten Morgen seinen Kaffee trank. »Es sind drei Zimmer in der Gower Street, hell und modern möbliert, überall mit Leder bezogene Stühle und Sessel, die Einbauküche ist etwas eng, aber mit allem Notwendigen ausgestattet, und das Schlafzimmer geht auf einen Balkon hinaus. Die Miete beträgt 3000 Pfund. Nicht zu teuer«, sagte er, wies aber darauf hin, dass er den Mietvertrag in ein bis zwei Wochen unterschreiben müsse.

Xenia verhielt sich zögerlich. Sie bedauerte, dass sie gestern nicht miteinander hatten sprechen können, nannte aber keine Gründe, und als er ihr klarzumachen versuchte, wie schwierig es für ihn sei, in einer fremden Umgebung, in einer Stadt, an die er sich erst gewöhnen müsse, immer allein zu sein, stimmte sie zu. Man verabredete, dass sie so bald wie möglich nach London fliegen würde, um sich die Wohnung, die Klausen ausgesucht hatte, anzusehen, und am Sonntag darauf war es endlich so weit.

Der Londoner Flughafen Heathrow ist an Unübersichtlichkeit nicht zu übertreffen. Kaum vorstellbar die Anzahl der An- und Abflüge, die er täglich zu bewältigen hat, und immer wirken die breiten Hallen, die kein Ende zu nehmen scheinen, hoffnungslos überfüllt. Klausen starrte auf die Anzeigetafel, auf der die Ankunft der Berlinflüge zu lesen war, und er hatte noch eine Dreiviertelstunde Zeit, dann musste er am richtigen Ausgang stehen, um Xenia nicht zu verfehlen.

›Sie hat nur ihr Handgepäck und muss nicht, wie die anderen, warten‹, dachte er und ließ sich von einem Angestellten erklären, wo genau das Gate lag, das er suchte.

Wenig später stand er am Tresen einer Cafeteria und bemühte sich, die Ansagen aus dem Lautsprecher zu verstehen. Sie schienen ihm, vielleicht weil er aufgeregt war, irgendwie übersteuert. Aber eines war klar: Das Flugzeug war gelandet, und als die ersten Passagiere die Zollkontrolle passierten, stand Klausen mit in dem Halbkreis der Wartenden, um seiner Frau, sowie er sie entdecken würde, zuzuwinken. Er hatte einen Veilchenstrauß in der Hand, und nach zwanzig Minuten stand er immer noch da.

›Vielleicht dauert es länger, weil sie doch ihren Koffer mitgenommen hat‹, dachte er, und irgendwann, der Ausgang wurde geschlossen, in der Zollkabine erlosch das Licht, irgendwann zog er sein Handy hervor.

Er war ganz ruhig, überlegte noch, was er seiner Frau, falls sie in Schwierigkeiten war, hätte raten können. Zunächst wollte er wissen, wo sie sich befand.

»Was ist mit dir«, sagte er.

Aber es war nicht Xenia, die ihm antwortete. Es war, wie er glaubte, eine Männerstimme, und was sie ihm zu sagen hatte, konnte Klausen, da er das Handy rasch wieder zuklappte, nicht verstehen.

Als er in seine Wohnung zurückfuhr, ließ er das Handy, obwohl es immer wieder klingelte, unbeachtet. Dabei hätte ein Blick auf das Display genügt, um herauszufinden, ob es Xenia war, die allen Grund hatte, ihm zu erklären, warum sie, obwohl man es fest verabredet hatte, nicht in Heathrow gelandet war. Und es war durchaus möglich, dass auf dem Flughafen, als er versucht hatte, sie zu erreichen, eine falsche Verbindung zustande gekommen war.

›Das würde auch die Männerstimme erklären‹, dachte Gottfried Klausen und versuchte, einen Anflug von Gekränktheit loszuwerden. ›Ich kann mich nicht beschweren‹, dachte er. ›Und es wäre nur recht und billig, auch einmal auf Xenias Wünsche einzugehen. Ich weiß doch, wie ungern sie das Haus in der Dorotheenstraße unbeaufsichtigt lässt. Und ist es wirklich nötig‹, dachte Klausen, ›dass wir hier, wer weiß, wann sie mich in eine andere Gegend schicken, eine teure Dreizimmerwohnung mieten?‹

Auch fand er, dass es ihm zuzumuten war, und immer dann, wenn seine Arbeit es erlaubte, selber in ein Flugzeug zu steigen, um mit Xenia, und sei es auch nur übers Wochenende, zusammen zu sein, und als er im Treppenhaus stand, als die Verbindung mit Xenia, ›endlich‹, dachte er, zustande gekommen war, war ihm die Entschuldigung, die sie vorbrachte, um ihr Verhalten zu erklären, schon unerheblich.

»Mach dir keine Sorgen«, sagte Gottfried Klausen. »Es ist schließlich meine Schuld. Ich habe darauf bestanden, dass du nach London kommst. Und dir hat es eben nicht gepasst«, sagte er und erklärte, dass er, koste es, was es wolle, eine dringende Arbeit liegenlassen würde, um möglichst bald nach Berlin zu fliegen, und wie wichtig es für ihn sei, endlich wieder einmal auf der Nathanbrücke zu stehen.

4

In den nächsten Wochen war Klausen damit beschäftigt, die anstehenden Kommentare und Berichte möglichst rasch zu erledigen. Er hoffte, sich dadurch die Zeit für einen längeren Aufenthalt in Kohlhasenbrück zu verschaffen, und nachdem er alles, was zur Veröffentlichung anstand, nochmals überprüft und korrigiert und der Sekretärin übergeben hatte, bat er um eine Woche Urlaub.

»Alles Nähere bespreche ich mit dem Chefredakteur in Berlin«, erklärte er.

Das Flugticket hatte er bereits in der Tasche.

Am Abend vor seiner Abreise, er wollte diesmal auf das Taxi verzichten und mit dem Zug von Paddington nach Heathrow fahren, am Abend vor seiner Abreise hoffte er auf ein paar Stunden Schlaf. Er trank noch ein Glas Whisky, ging ins Bad, schloss das Fenster, weil es von draußen her roch. Als er ins Schlafzimmer ging, hier waren die Fenster, die er öffnete, wesentlich größer, ja hier spürte er so etwas wie Brandgeruch. Es war, wie ihm schien, nichts Gefährliches, nichts, das aus unmittelbarer

Nachbarschaft kam. Die Sicht auf die Dächer war frei, auch der Horizont zeigte keinerlei Eintrübung, und doch beschloss Gottfried Klausen, alles wieder zu verriegeln, was ihm schwerfiel, weil er es gewohnt war, bei offenem Fenster zu schlafen.

Am nächsten Morgen blätterte er nochmals in seinem PC, sonderte die Korrespondenz, die sich erledigt hatte, aus, verstaute im Koffer die Geschenke, die er für Xenia gekauft hatte, und als er Paddington erreicht hatte, von hier aus waren es keine fünfzehn Minuten bis Heathrow, hörte er, wie jemand einem anderen etwas zurief, und Klausen wusste bereits, worüber die Leute redeten: In Island war ein Vulkan ausgebrochen, und man konnte noch nicht sagen, wohin der Wind die Aschewolke treiben würde, und solange dies nicht geklärt war, stand der Flugverkehr über England still.

Merkwürdig der Anblick der überfüllten Hallen, in denen sich, da alle warteten, kaum etwas bewegte. Es war, als wäre die Menge, die auf ihren Koffern, den Bänken, den Stühlen in den Cafés ausharrte, wie auf dem Sprung, jederzeit bereit, die Abfertigungshallen zu stürmen, und die Lautsprecher wirkten wie sinnlos, da man ständig das Gleiche zu hören bekam. Man bat um Geduld, verwies auf die ungewöhnlichen Umstände, die sich weit außerhalb, in tausend Meter Höhe, vollzogen, und als der Flug nach Berlin endgültig gestrichen wurde, war Klausen enttäuscht, hoffte aber darauf, dass es ihm, wenn nicht jetzt, so doch wenigstens im Laufe des Tages gelingen würde, auf einen anderen Flug umzubuchen. Dies wollte er Xenia, die sicher schon unterwegs war, um ihn abzuholen, mitteilen. Also wählte er ihre Nummer. Aber es war, wie vor Tagen schon, nicht Xenia, die ihm antwortete, es war eine Männerstimme, und was sie ihm zu sagen hatte, konnte Klausen, da er diesmal das Handy nicht zuklappte, deutlich verstehen. Genauer: Da war jemand, der wissen wollte, wer er war, und als Klausen seinen Namen nannte und darauf bestand, mit seiner Frau zu sprechen, hörte er ein Flüstern, dann im Hintergrund ein unterdrücktes Lachen, und es war, daran bestand kein Zweifel, Xenia, die sich, worüber auch immer, zu amüsieren schien.

Danach herrschte Stille, in der Klausen hoffen durfte, dass er sich getäuscht hatte und dass Xenia sich, darum hatte er schließlich gebeten, doch noch melden würde. Aber nichts dergleichen geschah.

5

Der Ausbruch des Grimsvötn fiel gewaltiger aus als erwartet. Die Aschewolke stieg fast zwanzig Kilometer über dem Krater auf, und nun wartete man darauf, dass sie sich, wenn nur die Winde günstig waren, nach Nordwesten oder Süden über den Atlantik hinweg verziehen würde. In Island war die Asche überall, in England bemerkte man lediglich, dass der Himmel verschlossen war.

Das fiel auch Gottfried Klausen auf, der in seinem Büro am Fenster stand, und er wunderte sich darüber, dass er es überhaupt zur Kenntnis nahm. Er fühlte sich nach seiner Rückkehr vom Flughafen immer noch wie betäubt. Dabei wäre es naheliegend gewesen, sich, so oder so, Klarheit zu verschaffen. Aber er unterließ es, vielleicht, weil er fürchtete, der Vorgang könnte sich wiederholen.

›Da war eine Männerstimme, und als ich mit meiner Frau sprechen wollte, hat sie gelacht. Womit ließe sich das erklären‹, dachte Gottfried Klausen.

War es tatsächlich so, dass Xenia jemandem erlaubt hatte, ihr Handy zu benutzen, jemandem, mit dem sie so vertraut war, dass es im Haus an der Dorotheenstraße hatte geschehen können? Und wer weiß, vielleicht waren die beiden, als Xenia über den Anruf ihres Mannes lachte, nicht etwa im Flur oder in der Küche, sondern im Schlafzimmer! Und war Klausens Ehe mit dieser Frau vielleicht schon seit Jahren derart verlogen, dass er ihre Untreue nicht bemerkt hatte?

Tage später saß Gottfried Klausen wieder im Theater, und wieder spielte man *The Tragedy of Othello, the Moor of Venice*.

It is the cause, it is the cause, my soul,
Let me not name it to you, you chaste stars!
It is the cause… Put out the light.

Ja, wollte er sich das, und zum zweiten Mal, wirklich anhören? Wollte er, nur weil er ein Problem mit seiner Frau hatte, der Ermordung einer Wehrlosen zusehen und vielleicht am Ende auch noch Beifall klatschen, weil es einem Schauspieler gelungen war, ein derart wahnsinniges Unterfangen so überzeugend darzustellen?

»Nein«, flüsterte Gottfried Klausen, und spätestens gegen Ende des vierten Akts, an jener Stelle, an der klar wurde, wie geschmacklos es gewesen wäre, sitzen zu bleiben, erhob er sich, zwängte sich durch die vollbesetzte Reihe, und an der Garderobe, nachdem er seinen Mantel entgegengenommen hatte, beschloss er, in einen Pub zu gehen, um alles, was ihm seit kurzem zu schaffen machte, nochmals zu überdenken.

6

Put out the light.«

Diese Aufforderung ging Klausen nicht mehr aus dem Kopf. Er begann, fahrig zu werden, stellte Fragen, die niemand beantworten konnte, oder gab Ratschläge, um die man ihn nicht gebeten hatte. Seiner Sekretärin diktierte er Texte, die er wieder zusammenstrich.

Und was auffiel: Er begann, schlampig zu recherchieren, ging auf die privaten Affären irgendwelcher Abgeordneter ein, und zuletzt interessierte er sich, obwohl er für die Belange der City zuständig war, nur noch für den Stimmungswechsel, der sich auf den Londoner Straßen um diese Jahreszeit vollzog.

Ob man schon einmal nach Einbruch der Dämmerung versucht hätte, die Umrisse des Big Ben zu erkennen, gab Gottfried Klausen zu bedenken. Oder ob man wüsste, wie sehr das Londoner Wetter die Umgebung verwischen würde, so dass man Mühe hätte, sich zu orientieren. Es sei ein Gefühl, als hätten sich die Dinge bis zur Unkenntlichkeit entfernt, schrieb Klausen, und es war vollkommen verständlich, dass man dergleichen in Berlin, auch wenn man Gottfried Klausen schätzte, nicht kommentarlos akzeptieren konnte.

»Was ist mit dir? Warum schickst du uns dieses Zeug?«, wollte der Chefredakteur wissen, nachdem er den Text zur Kenntnis genommen hatte.

»Ich muss weg von hier«, erklärte Klausen und in einem Ton, der merkwürdig entschlossen klang.

Das Telefongespräch dauerte länger als gewöhnlich. Zunächst erklärte Klausen, dass es ihm wegen des Vulkanausbruchs unmöglich gewesen sei, in den Urlaub zu fliegen.

»Und vielleicht ist es das, was mich in London umtreibt. Ich muss weg von hier«, fügte er hinzu. »Denn wenn man sich mit einer Gegend nicht anfreunden kann, wird man auf sich selbst verwiesen. Man lernt sich kennen, und man erlebt, das kann ich dir versichern, manch unangenehme Überraschung.«

Eine Weile noch war der Chefredakteur bemüht, ihm gute Ratschläge zu geben, etwa wie man sich an der Themse, dies wisse er aus eigener Erfahrung, auch bei Regen bestens amüsieren könne. Aber was immer er vorbrachte, wie sehr er sich auch bemühte, dem anderen die Vorzüge dieser Stadt schmackhaft zu machen, Gottfried Klausen bestand darauf, London, und zwar so schnell wie möglich, zu verlassen.

»Gut«, sagte der Chefredakteur. »Ich will sehen, was sich machen lässt. Aber wo willst du hin?«

»Völlig gleichgültig«, antwortete Klausen und schlug vor, erst einmal nach Island zu fahren, um den Grimsvötn, der Heathrow lahmgelegt hatte, in Augenschein zu nehmen. »Das muss ein Aschefeld sein, das alles unter sich begraben hat«, sagte er und meinte, dass es sich lohnen würde, darüber eine Reportage zu schreiben.

Und das Haus in der Dorotheenstraße? War dies nicht der Ort, dem sich Klausen über Jahre hinweg und mit wachsender Zuneigung verbunden fühlte? Und hätte er nicht allen Grund gehabt, statt nach Island mit dem nächstbesten Flugzeug nach Berlin zu fliegen, genauer, nach Kohlhasenbrück, in jene Gegend, in der der Linienbus mit der Nummer 118 Mühe hatte, auf holpriger Straße zu wenden? Und war es überhaupt möglich, dass Gottfried Klausen, so wie sich die Verhältnisse nun einmal entwickelt hatten, dass er dort, als wäre nichts geschehen, wieder hätte auftauchen können, um wenigstens seine persönlichen Sachen zusammenzusuchen?

Was letztendlich geschah, wir wissen es nicht. Wir wissen nur, dass am Ufer des Teltowkanals, da es seit langem ungewöhnlich warm war, die Kastanien zu blühen begannen und dass man, wenn man auf der Nathanbrücke stand, Mühe hatte, durch die Kronen der Bäume hindurch jenes Haus zu erkennen, das wie immer hell erleuchtet war. Wer sich darin auskannte, der wusste, dass im oberen Stockwerk das Schlafzimmer, zwei kleinere Räume und ein Bad lagen, im Erdgeschoss die Küche, daneben das Wohnzimmer mit dem Kamin. Hin und wieder hörte man ein Frauenlachen, und wer da lachte, der sollte sich nicht allzu sicher fühlen. Denn es war durchaus denkbar, dass irgendwann, nicht am Tage, sondern nachts, doch noch ein Auto vorfuhr und dass sich jemand auf den Eingang zubewegte. Er besaß einen Schlüssel, war hier zu Hause, hatte also alles Recht, das zu tun, was er für nötig befand:

»*Put out the light!*«, rief er, und wenig später, nachdem er eingetreten war, man hörte noch eine Tür klappen, erloschen im Haus an der Dorotheenstraße die Lampen. Das Haus lag in völliger Dunkelheit.

Die Cellistin

I

Soll man es glauben? Am nördlichen Ufer des Griebnitzsees, dort, wo er die Glienicker Lanke berührt, oder zumindest in unmittelbarer Nähe, das heißt weiter nach Westen zu, wo man das Jagdschloss im Rücken hat, ja von dort her hörte ich neuerdings einen Celloton. Meist geschah es nach Einbruch der Dunkelheit, und wenn ich geduldig war und mich auf dieses, zugegeben, erstaunliche Phänomen einließ, dann konnte ich bemerken, dass hier jemand dabei war, eine Paraphrase aus dem Opus 85 von Elgar zu spielen. Oder war es nicht doch das berühmte *Silent Woods* von Antonin Dvořák? Es klang auf intensive Weise verhalten, und wo es ins Unmerkliche abzugleiten schien, geschah es mit großer Sicherheit. Dann entstand da eine durch einen einzigen Bogenstrich erzeugte Stille, so dass ich versucht war, möglichst rasch die Anhöhe zu überwinden, um zu überprüfen, ob tatsächlich jemand auf einem Cello spielte oder ob ich nicht ein Opfer meiner Nerven geworden war.

Die Gegend, die man über die Waldmüllerstraße

erreicht, bildet eine Art Talkessel, so dass man den Eindruck gewinnen konnte, man befände sich in einem Freilichttheater, das jedoch außerordentlich weitläufig war, also kein Ort, an dem man Konzerte hätte veranstalten können. Aber ich verirre mich gern in ein abwegig gelegenes Stück Havelland, dessen Zufahrten eng und versteckt und dessen kopfsteinbepflasterte Straßen nur mit Mühe zu durchfahren sind. Dahinter beginnen die Wege, die zur von Buchen umstandenen Anhöhe führen, und hier, im Zwielicht der Dämmerung, fand ich schließlich, was ich suchte:

Es war eine junge Frau, die auf einem Felsvorsprung saß. Sie hielt ein Cello zwischen den Knien, und ehe sie zu spielen begann, überprüfte sie den Bogen, den sie in der rechten Hand hielt. Sie trug ein kurzärmliges Wollkleid, hatte die langen, etwas strohig wirkenden Haare mit einer Spange hochgesteckt, der Gürtel in der Taille war gelockert, und diesmal hörte man statt Dvořák oder Edward Elgar das *Adagio* aus dem Cellokonzert von Luigi Boccherini, und wieder, obwohl ich nicht behaupten kann, ein besonderer Musikkenner zu sein, war ich gebannt von der raffinierten Zurückgenommenheit ihres Spiels.

›Und das Gesicht‹, dachte ich, ›kommt mir irgendwie bekannt vor.‹

Eine Weile ließ ich die Begegnung, die keine war, gelten. Denn jene dort schien mich, obwohl ich in ihrer Nähe stand, nicht zu beachten, und wie ich zu meinem Auto zurückfand, wusste ich nicht zu sagen. Ich wusste nur: Ich wollte auf schnellstem Wege herausfinden, wer dort so abgerückt und beziehungslos und als wäre es die selbstverständlichste Sache der Welt auf einem Cello spielte. In meine Wohnung zurückgekehrt, sortierte ich einen Stapel Musikkassetten, die im Bücherbord lagen. Drei, vier Handgriffe, und nun hatte ich allen Grund, beunruhigt zu sein.

In der Broschüre, die einer Kassette beigelegt war, erkannte ich auf einem Foto genau jenes jugendlich strahlende Gesicht, jenes rotblonde, etwas strohig wirkende, mit einer Spange am Hinterkopf zusammengehaltene Haar, und es war, daran gab es keinerlei Zweifel, die berühmte englische Cellistin mit dem französischen Namen. Als ich in der Broschüre weiterblätterte, erfuhr ich, dass die Fünfundzwanzigjährige etwas zu fürchten gehabt hatte, was ihrer Fähigkeit zur Virtuosität widersprach. Man kennt die Krankheit mit den hundert Gesichtern, die rasch zum Siechtum und schließlich zum Tode führt, und wie muss jemandem zumute gewesen sein, der sich die Heimtücke, mit der ihm dies begegnet war, lange, ach allzu lange nicht hatte erklären können. Zunächst gab es da, wenn sie die Finger der linken Hand gegen die gespannten Saiten drückte, nichts weiter als ein Gefühl von Taubheit, und Tage später, es geschah auf einer Probe, spürte sie einen Widerstand, der sie daran hinderte, die Hände nach innen zu drehen. Sie hatte versucht, nicht darauf zu achten. Aber es folgten Wochen, in denen es immer mehr Gründe gab, irritiert zu sein. Wenn sie das Cello anhob, um über einige Stufen hinweg die Bühne zu erreichen, wunderte sie sich, nie bemerkt zu haben, wie schwer dieses Instrument, das ihr bis zu den Schultern reichte, war, und die neuerliche Kraftlosigkeit in den Beinen hinderte sie daran, sich unter dem Beifall des Publikums, so wie es üblich war, zu verbeugen. Den Rest des Kommentars, der über das Schicksal dieser Frau Auskunft gab, wollte ich nicht lesen. Ich schob die Broschüre in die Kassette zurück.

›Sie hatte ein furchtbares Ende‹, dachte ich. ›Aber vielleicht ist es die Kunst, mit der sie sich eine menschenfreundliche Ewigkeit geschaffen hat.‹

2

Eine Woche lang mied ich die Gegend, in der Potsdam und Berlin sich unmittelbar berühren. Statt über die Glienicker Brücke versuchte ich mein Büro über die Nuthestraße zu erreichen, dann aber bog ich über Umwegen doch wieder in die Waldmüllerstraße ein. Das Wetter war böig, es begann zu regnen. Ich spannte den Schirm auf, und als ich die Anhöhe mit dem Felsen erreicht hatte, trat ich hinter ein paar Sträucher und wartete. Ich war guter Dinge, glaubte auch schon, Schritte zu hören, dann ein metallenes Klicken, als würde jemand das Schloss an einem Futteral öffnen. Aber ich hatte mich geirrt. Ich sah, dass der Wald durch die Stämme der Buchen hindurch, und bei diesem Wetter, vollkommen übersichtlich wirkte. Nirgends eine unklare Linie, und der Vogel, der lautlos und mit ausgebreiteten Flügeln zwischen den Kronen der Bäume umherirrte, konnte meine Stimmung auch nicht bessern. Ich war ernüchtert, musste mir eingestehen, dass die Begegnung mit der Cellistin eine Täuschung gewesen war. Und es konnte auch nicht anders sein.

›Es gibt kein Rendezvous mit einer Toten, die in England begraben ist und also keinerlei Grund hat, tausend Kilometer weiter ostwärts wieder aufzutauchen‹, dachte ich, spürte aber, dass sich die Sache damit keineswegs erledigt hatte.

›Was unmöglich erscheint, kann man herbeizaubern.‹ Und: ›Was wäre das für eine Welt, in der es nicht gelingt, die Wirklichkeit durch eine Täuschung aufzubessern‹, dachte ich und war schon dabei, einen CD-Player samt Lautsprecher aus meiner Aktentasche zu ziehen.

Der Felsen war nass, so dass ich gezwungen war, die Geräte, nachdem ich sie abgestellt hatte, mit dem Schirm zu schützen. Ich selbst blieb dem Regen ausgesetzt. Aber dies war mir gleichgültig, wenn es mir nur gelang, die CD mit dem Cellokonzert, dem Opus 85 von Edward Elgar, in Gang zu setzen. Sekunden später blinkte die Powertaste auf, und nun hörte man, nicht in allerbester Qualität, aber immerhin, die Aufnahme mit der berühmten Cellistin und dem Londoner Symphonieorchester, die immer noch im Handel erhältlich war.

Das Adagio-Moderato setzte mit kräftigen Bogenstrichen ein, und augenblicklich schien sich die Landschaft zu verwandeln. Es war wie ein Aufatmen, als würde der tristen, wolkenverhangenen Enge eine befreiende Dimension zuwachsen. Gleichzeitig fühlte ich mich, auch durch den Regenschirm, den ich in der Hand hielt, deplaziert, hoffte darauf, dass mir niemand bei dem Versuch, mit viel zu schwachen und veralteten Geräten eine feierliche Stimmung zu verbreiten, zusah. Minuten später geschah, was ich mir gewünscht hatte: Weit, weit unten, in der Nähe des Ufers, sah ich, wie jemand auf und ab ging. Es war die Cellistin. Ich erkannte das ärmellose Kleid, das lange, mit einer Spange hochgesteckte Haar, der Gürtel in der Taille war gelockert, und irgendwann, vielleicht weil ich den Ton auf volle Lautstärke gestellt hatte, überwand sie die Anhöhe bis zum Felsen, und nun standen wir uns gegenüber.

Dieses Mal wirkte sie unglücklich, und ich sah, dass ihr Gesicht gezeichnet war. Ich wollte ihr sagen, wie sehr ich sie bewunderte und was für eine Ehre es für mich sei, dass sie sich entschlossen hätte, hier, in dieser abwegigen Gegend, einem Lebenden zu begegnen, und dass sie keinen Grund hätte, sich zu beklagen.

»Sicher, Madam«, sagte ich, »Sie hatten eine furchtbare Krankheit, und es war Ihnen nicht vergönnt, Ihre besten Jahre hinter sich zu bringen. Aber jetzt sind Sie«, sagte ich und wies mit der Hand auf den CD-Player, »Sie hören es selbst, nicht nur über alle Maßen berühmt. Sie sind unsterblich. Und es ist die

Kunst, Madam, und Ihre Anwesenheit ist der Beweis dafür, es ist die Kunst, die es uns ermöglicht, die Grenze vom Leben zum Tode niederzureißen.«

Dies sagte ich, sie aber schwieg und sah mich mit ungläubigen Augen an. Der Wind wurde stärker, so dass ich den Schirm nicht mehr halten konnte. Er wurde gegen den Felsen geschleudert, und war es nun, weil er, was ich dort aufgebaut hatte, berührte oder weil der Felsen zu abschüssig war, plötzlich wurde der CD-Player samt Box in die Tiefe gerissen. Man hörte, wie alles, als es zu Boden schlug, zu scheppern begann. Das Cellospiel brach ab, und auch die Cellistin, die eben noch vor mir stand, war augenblicklich verschwunden. Ich suchte mit den Blicken nach dem weggewehten Schirm, ließ die Aktentasche fallen, stürzte die Anhöhe wie in einen Abgrund hinab, immer damit beschäftigt, die auseinanderfallenden, sich überschlagenden Geräte aufzuhalten, und vor allem kam es mir darauf an, die CD mit dem Cellokonzert zu retten. Ich fand sie schließlich irgendwo im Unterholz eingeklemmt. Sie war, was mich erleichterte, unbeschädigt, und als ich wieder im Auto saß, zog ich mein Taschentuch hervor, um sie behutsam trockenzuwischen.

›Es ist nur ein Stück Plastik‹, dachte ich. ›Und kaum etwas wert. Aber es zaubert‹, dachte ich, ›sowie man es zum Klingen bringt, eben jene menschenfreundliche Ewigkeit herbei, auf die die Cellistin offenbar nicht zu hoffen gewagt hatte.‹

Der Schatten

I

Wenn ihr Mann nach Hause kam, dies konnte Steffi Trautwein mit Sicherheit sagen, erhob sich am Fenster, das zum Garten hinausging, ein flüchtiger Schatten. Eine Treppe führte an der Hauswand entlang zum hinteren Eingang, den sonst niemand benutzte. Nur er, Philipp, besaß den Schlüssel zu der mit Blech beschlagenen Tür, und dass er dort eintrat, war eine Angewohnheit, von der niemand sagen konnte, seit wann und wodurch sie entstanden war. Und es geschah vor allem, wenn Philipp Trautwein von einer längeren Reise spät nach Hause kam. Dann wollte er seine Frau, die vielleicht schon schlief, nicht stören und zog sich in ein kleines Zimmer auf ein Sofa zurück. Ansonsten benutzte die Familie, so wie es selbstverständlich war, den Vordereingang mit den beiden Säulen. Dort war die Tür mit Ornamenten verziert, als Vorleger diente ein Teppich, und die Schale mit den Blumen bekam, besonders in dieser Jahreszeit, es war Anfang August, jeden Morgen frisches Wasser.

Philipp Trautwein war Hotelberater, ein Beruf,

für den er in größeren Städten, aber auch in abgelegenen Gegenden, so zum Beispiel an der Ostseeküste, tätig war. Dort wurden ehemals berühmte Bäder wie Binz oder Heiligendamm wiederhergerichtet. Steffi Trautwein hingegen verließ jeden Morgen Punkt neun Uhr das gemeinsame Haus in Hohengatow, um lediglich die wenigen Kilometer nach Potsdam zu fahren, wo sie im Holländischen Viertel eine Papeterie eröffnet hatte. Die beiden waren seit langem verheiratet, hatten eine vierzehnjährige Tochter, und es war unübersehbar, dass im Alltag dieser Familie eine gewisse Routine eingetreten war. Wenn Philipp Trautwein spät nach Hause kam und sich in das kleine Zimmer zurückgezogen hatte und wenn seine Frau gezwungen war, am nächsten Morgen, während ihr Mann noch schlief, nach Potsdam zu fahren, dann konnte es vorkommen, dass sich die beiden mehrere Tage nicht begegneten. Trautwein war am Nachmittag wieder unterwegs, und was die Tochter betraf, Laura war alt genug, um, falls es nötig war, allein zurechtzukommen. Täglich fuhr sie mit dem Fahrrad zur Schule, es sei denn, die Mutter setzte sie auf ihrem Weg nach Potsdam in Kladow ab.

So weit waren die Dinge also gediehen, und es fehlten nur noch einige Jahre, dann würden die Trautweins silberne Hochzeit feiern, und von der Leidenschaft, die sie zusammengeführt und jahrelang aneinandergekettet hatte, war eine stille, ganz und gar selbstverständliche Zuneigung geblieben. Die Sorge der beiden galt jetzt vor allem der Tochter. Laura sollte, es war der Wunsch des Vaters, nach dem Abitur einen kaufmännischen Beruf erlernen.

»Und wer weiß«, sagte er, »vielleicht gründen wir irgendwann einen Großhandel und könnten so die Papeterie deiner Mutter beliefern.«

Dies war scherzhaft gemeint, und Mutter und Tochter gefiel die Art des Vaters, über Dinge, die ihn beschäftigten, flapsig, deswegen aber nicht weniger ernsthaft zu reden, und so durfte man sagen: Auch wenn jeder von den dreien einer eigenen Beschäftigung nachging und der Vater mitunter tagelang wegblieb, die Trautweins waren eine glückliche Familie.

2

Wer von Hohengatow mit dem Auto Potsdam erreichen will, der muss einen Umweg nehmen, denn die Chaussee, die von Spandau nach Groß-Glienicke führt, ist auf dem kürzesten Weg, das heißt über die Felder hinweg, schwer zu erreichen. Also fuhr Steffi Trautwein zunächst nach Kladow, um von dort aus in den Ritterfelddamm einzubiegen, dann, nachdem sie einen See passiert hatte, waren es keine fünf Minuten bis ins Holländische Viertel, und hier, in der Mittelstraße, sah man das breite, bis zum Boden reichende Schaufenster, das mit teuren Schreibwaren und Lederaccessoires dekoriert war. Jemand stand in der Tür. Steffi wurde erwartet.

»Wir haben eine neue Lieferung bekommen«, sagte die Angestellte und wies mit dem Finger auf einige Kartons, die in der hinteren Ecke des Ladens gestapelt waren.

Was die beiden Frauen auspackten, waren gediegene, in dunkelrotem und braunem Leder gefertigte Brieftaschen, außerdem Schreibgerät der Firma

Montblanc, dazu einen Posten Papier, und, worauf sie so lange gewartet hatten, das Set aus Kristall mit Tintenfass und Federhalter, stellten sie sofort ins Schaufenster. Eine halbe Stunde später betrat der erste Kunde den Laden. Steffi ging ins Büro, um die Rechnungen durchzusehen, kam aber, als weitere Kunden zu bedienen waren, zurück. Sie begrüßte eine Bekannte, die behauptete, sie hätte Philipp am Tag zuvor auf dem Luisenplatz gesehen.

»Philipp?«, fragte Steffi.

»Aber ja doch«, sagte die Bekannte, und als sie wissen wollte, ob er ihre Grüße ausgerichtet hätte, musste Steffi lächeln.

»Philipp ist seit zwei Tagen auf Rügen, und ich habe vor einer Stunde mit ihm telefoniert«, sagte sie.

Dann war sie bis zum Abend, bis das Geschäft geschlossen wurde, mit den Anforderungen ihrer Papeterie beschäftigt.

Und Philipp Trautwein? Vielleicht war er dabei, das zu tun, was er sich vorgenommen hatte, nämlich den kleineren Ferienanbietern in Binz Ratschläge zu erteilen, wie sie sich gegen die Übermacht der Luxushotels behaupten könnten. Er verstand sich nicht nur auf Fragen des Managements, sondern konnte auch Preiskalkulationen überprüfen und aufbessern. Jedenfalls schien es durchaus denkbar, dass er es war, der mit einem Mercedes in diese und jene Küstenstraße einbog, um, wo man ihn erwartete, mit einer Mappe und den jeweiligen Unterlagen aufzutauchen. Oder er war woanders, zum Beispiel in der Düsseldorfer Altstadt, wo er zur Schule gegangen war und wo er von Leuten, die ihn von Kind auf kannten, immer wieder gebeten wurde, günstige Kredite zu besorgen.

Zugegeben, womit genau Philipp Trautwein auf den Reisen, die er unternahm, beschäftigt war, konnte niemand mit Sicherheit sagen, und es war im Grunde auch gleichgültig, wenn er nur, dies war für Steffi das Allerwichtigste, irgendwann und natürlich möglichst bald, als Schatten an dem Fenster, das zum Garten hinausging, wieder auftauchte, und wie oft hatte Steffi, wenn es so weit war und wenn sie die Tür zum hinteren Eingang klappen hörte, darauf gewartet, er würde vielleicht doch noch, obwohl es spät war, zu ihr ins Zimmer kommen.

Dies geschah auch hin und wieder. Dann tranken sie zusammen einen Kaffee oder ein Glas Wein, und nun wurde ausgiebig darüber gesprochen, was jeder den Tag über erlebt hatte, und wenn dann auch noch Laura, die die Stimme des Vaters gehört hatte und die schon im Pyjama war, mit ins Zimmer trat, konnte man sicher sein, dass bald, weil der Vater so guter Laune war, alle herzlich lachten.

3

Das Haus der Trautweins befand sich im Krielower Weg, also im Nordosten Hohengatows. Es war von Sträuchern und jungen Fichten umstellt. Nirgends ein Ausblick, auch nicht auf die Felder in der Nähe der Havel, und so durfte man sich fragen: War es überhaupt möglich, dass man spätabends, also in völliger Dunkelheit, einen Schatten hätte bemerken können, zumal die Trautweins die Angewohnheit hatten, das Licht am hinteren Eingang nie einzuschalten. Aber natürlich: Da Steffi lediglich die Leselampe am Sessel benutzte und da man am Ende des Gartens einen Baum gefällt hatte, so dass eine kleine Lücke entstanden war, konnte es sein, dass durch ebendiese Lücke und vor allem nachts ein Anschein von Weite und Helligkeit entstand, der Konturen erzeugte.

»Ich weiß genau, wann er hier vorbeigeht«, sagte Steffi zu ihrer Tochter, wenn es wieder einmal darum ging, herauszufinden, ob sich der Vater nicht längst in sein Zimmer zurückgezogen hatte. »Außerdem höre ich die Tür klappen«, sagte sie, und als die

Tochter meinte, es sei doch an der Zeit, endlich schlafen zu gehen, gab sie keine Antwort.

Sie wartete auf ihren Mann, und dass sie in letzter Zeit allzu oft, wie sie fand, in dem Sessel saß und darauf hoffte, Philipp doch noch die separate Schlafgelegenheit zu ersparen, dies veranlasste sie, auf die Uhr zu sehen. Es war gegen Mitternacht. Dann, endlich, erhob sich am Fenster, das zum Garten hinausging, ein flüchtiger Schatten. Steffi hörte die Tür klappen. Augenblicklich ging sie in den Korridor, rief nach der Tochter, obwohl sie wusste, dass Laura bereits schlief. Sie nötigte die Vierzehnjährige, aufzustehen und in das kleine Zimmer zu gehen, um dem Vater zu sagen, Mutter und Tochter würden im Wohnzimmer auf ihn warten. Hastig stellte sie Teller und Gläser, dazu Brot und Käse auf den Tisch. Verständnislos sah ihr Laura bei den Hantierungen zu, um schließlich zu erklären, dass sie die Aufregung nicht verstünde. Der Vater sei überhaupt nicht da!

»Unsinn!«, rief Steffi, schob die Tochter zur Seite, um über den Korridor hinweg in das kleine Zimmer zu gelangen.

Aber da war tatsächlich nur das leergeräumte Sofa, und das Plumeau, das Trautwein benutzte, war, wie seit Tagen schon, in der Truhe verstaut. Sie sah weder seinen Hut noch den Mantel, auch nicht die Aktentasche. Sie trat hinaus, dorthin, wo die Treppe an der Hauswand entlang auf den Kiesweg führte und wo sie, dies hätte sie beschwören können, vor kurzem den Schatten bemerkt hatte.

»Es war der Vater. Und er hat, ich habe es gehört, die mit Blech beschlagene Tür geöffnet«, versicherte sie und war versucht, sich mit Laura auch noch auf der Straße nach Trautweins geparktem Mercedes umzusehen.

Aber dies wäre, sie spürte es selbst, unangemessen, ja albern gewesen. Also ging sie wieder ins Wohnzimmer, bat die Tochter um Entschuldigung.

»Du hast recht. Ich muss mich geirrt haben«, sagte Steffi und setzte sich in den Sessel zurück.

4

Dies geschah an einem Dienstag. Zwei Tage danach, an einem Donnerstag, glaubte Steffi, wieder einen Schatten am Gartenfenster zu sehen, aber diesmal war sie vorsichtig. Genauer: Auch als sie das Klappen der Tür hörte, vertraute sie dem, was sie wahrnahm, nicht. Sie tat, als hätte sie nichts gesehen, nichts gehört, und als Trautwein schließlich ins Zimmer trat, war sie erleichtert. Er gab ihr einen Kuss auf die Stirn, und als sie, wie sie es gewohnt waren, noch eine Weile beieinandersaßen und er, nachdem er von seiner Reise erzählt hatte, nun auch von Steffi wissen wollte, was sie und Laura während seiner Abwesenheit erlebt hätten, geriet sie in Verlegenheit.

»Du bist in letzter Zeit sehr lange weg«, sagte sie. »Und es tut uns nicht gut, dass du, wenn du spät zurückkommst, immer nur in dieses enge Zimmer gehst.«

»Ich will euch nicht stören«, antwortete Trautwein und wunderte sich, warum Steffi dennoch darauf bestand, er möge doch künftig, »egal, ob wir nun schlafen oder nicht«, sagte sie, nur noch den vorderen Eingang benutzen.

»Und vielleicht«, fügte sie hinzu, »könntest du dich dazu verstehen, wenn wir uns verabredet haben, dein Handy nicht abzustellen. Damit ich weiß, wann ich jeweils mit dir rechnen kann. Und auch Laura«, das zu betonen war ihr besonders wichtig, »auch Laura leidet unter der Ungewissheit.«

Trautwein war betroffen, schien darüber nachzudenken. Aber nun hatte Steffi alles gesagt, nun wollte sie ihren Mann mit diesem Problem nicht weiter belästigen. Sie hatte eine Überraschung bereit, holte ein Päckchen aus dem Schrank, das sie auf den Tisch legte. Lächelnd beobachtete sie, wie Trautwein das Papier entfernte und wie überrascht er war, als er eine winzige Taschenlampe in der Hand hielt.

»Weil du die alte verloren hast«, sagte Steffi. »Und du brauchst sie doch, wenn du im Dunkeln nach Hause kommst.«

Sie ließ sich gern umarmen. An diesem Abend wurde es tatsächlich spät, bevor die beiden ins Bett fanden, und am nächsten Morgen fuhr Steffi, um mit ihrem Mann, Laura war schon in der Schule, ausgiebig zu frühstücken, später als sonst in ihre Papeterie nach Potsdam.

Auch Trautwein nahm sich diesmal Zeit. Er sprach davon, dass er etwas ganz in der Nähe, nämlich im

Süden Berlins, zu erledigen hätte und dass er, wie er hoffe, schon am Nachmittag wieder in Hohengatow sein könne oder eben in Potsdam, denn er wolle sich endlich einmal in Steffis Papeterie umsehen. Nachdem sich die beiden verabschiedet hatten, sah Steffi ihrem Mann nach, sah, wie er in seinen Mercedes einstieg und wie er ihr bei heruntergekurbelter Scheibe und bevor er in die nächste Straße einbog, nochmals zuwinkte.

In der Papeterie war sie damit beschäftigt, das Schaufenster neu zu dekorieren. Sie verschob auch ein Regal, das, wie sie fand, im Wege stand, und es war selbstverständlich, dass sie dies alles tat, weil sie ihren Mann erwartete und weil sie wusste, dass er von derlei Dingen etwas verstand.

Gegen Nachmittag wurde sie unruhig, sah öfter auf die Straße hinaus. Etwa um diese Zeit hatten sie sich verabredet, und obwohl vor dem Laden eine größere Parklücke war, eine Stunde später stand da immer noch kein Mercedes. Aber Steffi und Philipp hatten miteinander telefoniert, und was er ihr gesagt hatte, war keine Überraschung: Leider sei ihm etwas dazwischengekommen. Es würde an diesem Abend doch wieder spät werden.

Steffi war enttäuscht, verließ die Papeterie früher als gewöhnlich, und in Kladow holte sie Laura von der Schule ab. Das Fahrrad verstauten sie im Kofferraum, dann fuhr Steffi mit der Tochter einen Umweg. Das heißt, sie fuhren zur Dampferanlegestelle, stiegen aus, gingen bis zur Balustrade. Die Mutter erklärte, dass sie Lust hätte, einmal eine Rundfahrt auf der Havel zu unternehmen, und Laura wurde das Gefühl nicht los, dass sie zögerte, nach Hause zu fahren. In der Küche begann Steffi die Wäsche zu bügeln, die sie aus dem Trockner genommen hatte, und als es Zeit war, zu Abend zu essen, stellte sie, als würde sie damit rechnen, dass Trautwein doch noch rechtzeitig nach Hause käme, einen dritten Teller und eine Tasse dazu, und am Tisch sah sie immer wieder auf die Uhr. Als es zu dämmern begann, als Laura das Haus verlassen hatte, um sich mit einer Freundin zu treffen, stand Steffi eine Weile am vorderen Eingang. Schließlich zog sie sich ins Wohnzimmer zurück, und eine halbe Stunde später geschah genau das, was sie nicht für möglich gehalten hatte.

Wieder erhob sich am Gartenfenster ein Schatten. Zögernder als sonst. Ja, es war, als wollte er umkehren, und für Augenblicke glaubte Steffi, jener, der dort, und wie immer sehr spät, auftauchte, jener würde das Versprechen, das er ihr gegeben hatte, doch noch einhalten.

›Er benutzt den Haupteingang‹, dachte sie, sah aber, dass der Schatten zurückkam, dass er sich auf die mit Blech beschlagene Tür zubewegte, und nun war Steffi entschlossen, ihren Mann, was sie noch nie getan hatte, zur Rede zu stellen.

»Wie kommst du dazu«, rief sie und war mit wenigen Schritten im Korridor, »wie kommst du dazu, obwohl du weißt, wie sehr es mich stört, wieder den hinteren Eingang zu benutzen! Und wenn ich dich um etwas bitte, wäre es wohl nicht zu viel verlangt, dass du einmal, wenigstens einmal in deinem Leben, darauf eingehst!«

Sie war empört, riss die Tür zum kleinen Zimmer auf, war darauf vorbereitet, ihrem Mann, der eben erst eingetreten sein musste, gegenüberzustehen.

»Philipp!«, rief Steffi noch.

Aber da war niemand. Das Zimmer war, wie einmal schon, vollkommen leer.

5

Am nächsten Morgen, während sie frühstückten, sah Laura, wie die Mutter beinahe ununterbrochen mit ihrem Handy beschäftigt war. Die Tasse mit dem Kaffee ließ sie unberührt. Beide schwiegen, und irgendwann erhob sich Laura, um das Geschirr in die Küche zu tragen. Als sie zurückkam, war die Mutter nicht mehr da. Sie war längst nach Potsdam unterwegs, und in ihrer Papeterie griff sie zum Telefonbuch, suchte nach der Nummer jener Bekannten, die ihr vor Wochen erzählt hatte, sie hätte Trautwein auf dem Luisenplatz getroffen.

Eine halbe Stunde später sah man, wie Steffi auf ebendiesem Platz hin und her ging. Es war Wochenmarkt, so dass sie sich an den Ständen vorbeidrängen musste, um einen Überblick zu bekommen, und offensichtlich war sie damit beschäftigt, zu überprüfen, wo Trautwein nach den Aussagen der Bekannten aufgetaucht sein könnte, und natürlich war ihr klar, wie zwecklos, ja, bedenkt man die Umstände, unwürdig dieses Bemühen war.

›Trotzdem‹, dachte Steffi. ›Es wäre doch interessant, zu wissen, ob er, wenn er behauptet, er wäre verreist, einfach irgendwo hier in Potsdam bleibt.‹

Aus welchem Grund, darüber wollte sie nicht nachdenken. Aber es gab noch etwas anderes, das sie beunruhigte. War da nicht in der Nähe des Brandenburger Tors, dort, wo der Markt zu Ende war, Laura mit ihrem Fahrrad zu sehen?

›Sie ist nicht in der Schule. Sie ist mir gefolgt‹, dachte Steffi und spürte augenblicklich, wie ernüchtert sie war und dass sie kein Recht hatte, schon aus Rücksicht auf ihre Tochter, ihrem Misstrauen freien Lauf zu lassen.

Sie versuchte, auf kürzestem Weg die Papeterie zu erreichen, hoffte darauf, dass die Tochter nach Kladow zurückkehren würde, und als das Handy klingelte, als sich Trautwein, aus welchem Grund auch immer, aber natürlich viel zu spät, meldete, tat sie, als wäre dies alles, nämlich dass er nicht zu erreichen und die Nacht über weggeblieben war und dass er sich wie immer entschuldigte, die selbstverständlichste Sache von der Welt.

Stunden später war die Familie in Hohengatow wieder beisammen. Steffi versuchte zu lächeln, und sie sah, dass auch Laura Mühe hatte, ihrem Vater, der übermüdet schien, freundlich zu begegnen. Man sprach über diese und jene Belanglosigkeit, dann erhob sich der Vater und erklärte, er habe dringend

Schlaf nötig. Er hätte in den vergangenen vierundzwanzig Stunden hart gearbeitet. Was genau er damit meinte und worin diese Arbeit, die ihn offenbar überforderte, bestand, darüber verlor er kein Wort, und weder die Mutter noch die Tochter war willens oder in der Lage, jetzt, noch hatte Trautwein den Raum nicht verlassen, danach zu fragen.

Als sie endlich allein waren, sagte die Mutter, die sehr wohl bemerkte, dass Laura, wie am Vormittag auf dem Luisenplatz, sich irgendwelche Sorgen zu machen schien:

»Es ist alles sehr gut so. Und am besten, wir lassen den Vater in Ruhe schlafen.«

Dabei berührte sie Lauras Hand, und Tage später, als sie wieder, es begann zu dämmern, in ihrem Sessel im Wohnzimmer saß, versuchte sie ein letztes Mal, mit der Situation, die unannehmbar war und die dringend eine Entscheidung verlangte, zurechtzukommen. Aber was sollte sie tun? Sie wartete. Offenbar darauf, dass die Dämmerung zunahm und der Schatten wieder auftauchte. Ihn hielt sie für unverzichtbar. Und da dies so war, hatte sich Steffi, egal, ob Trautwein das kleine Zimmer betreten würde oder nicht, längst entschieden.

Hartmut Lange im Diogenes Verlag

»Hartmut Langes Phantasien verstören ebenso wie sie betören. Seine klare, schnörkellose Sprache, sein bis auf das Wesentliche, das Notwendigste verknappter Stil vermögen eine Dramatik zu erzeugen, die überrascht und in den Bann schlägt. Nur wenige beherrschen die hohe Kunst der Novelle wie er. Zeitlose Prosa.« NDR *Kultur, Hannover*

»Die mürbe Eleganz seines Stils sucht in der zeitgenössischen Literatur ihresgleichen.«
Frankfurter Allgemeine Zeitung

Die Waldsteinsonate
Fünf Novellen

Die Selbstverbrennung
Roman

Das Konzert
Novelle
Auch als Diogenes Hörbuch erschienen, gelesen von Charles Brauer

Tagebuch eines Melancholikers
Aufzeichnungen der Monate Dezember 1981 bis November 1982

Die Ermüdung
Novelle

Vom Werden der Vernunft
und andere Stücke fürs Theater

Die Stechpalme
Novelle

Schnitzlers Würgeengel
Vier Novellen

Der Herr im Café
Drei Erzählungen

Eine andere Form des Glücks
Novelle

Das Streichquartett
Novelle

Irrtum als Erkenntnis
Meine Realitätserfahrung als Schriftsteller

Gesammelte Novellen
in zwei Bänden

Leptis Magna
Zwei Novellen

Der Wanderer
Novelle

Der Therapeut
Drei Novellen

Der Abgrund des Endlichen
Drei Novellen

Im Museum
Unheimliche Begebenheiten